Anja Fröhlich

Lucky in Love

PINK • Ein Imprint von Oetinger Taschenbuch

Außerdem von Anja Fröhlich bei PINK erschienen:

Miss Krassikowski
Miss Krassikowski Vol. 2
Miss Krassikowski Vol. 3
Love to Go

PINKpressum

PINK • Ein Imprint von Oetinger Taschenbuch

1. Auflage 2015

Originalausgabe

Umschlaggestaltung: Kathrin Steigerwald, Hamburg,
unter Verwendung eines Fotos von Steve Wisbauer/Getty Images
Liedzitate auf den Seiten 64–66 aus:
»The Man I Love« (1927), Musik: George Gershwin, Text: Ira Gershwin
Druck: GGP Media GmbH, Pößneck
ISBN 978-3-86430-046-2

FSC www.fsc.org
MIX
Papier aus verantwortungsvollen Quellen
FSC® C014496

www.oetinger-taschenbuch.de

01

»ICH HOFFE, du hast nichts gegen den Titel *Die zehn traurigsten Frühstarts*?!«

Der Typ von der Produktionsfirma hat die Arme vor der Brust seines silberfischfarbenen Sakkos verschränkt und den Kopf schief gelegt. Um seinen kleinen Mund trägt er einen perfekt vertikutierten Rundbart. Sieht ein bisschen so aus wie ein Stück Rasen mit einem Golfloch drin.

Ich schüttele den Kopf. »Nein, ich hab kein Problem damit!«, behaupte ich und schaue ihm fest in die blitzblanken Schweineäuglein. Auf keinen Fall werde ich in seiner dämlichen Fernsehshow mitmachen.

»Ist doch super zu scheitern. Ich meine, wer traut sich das schon, mit fünfzehn gescheitert zu sein?!«, sage ich.

Das sprechende Golfloch grinst. »Klasse«, sagt es. »Klasse, dass du das so sehen kannst. Das find ich erfrischend unkonventionell.«

Meine Mutter findet den Verlauf des Gesprächs offensichtlich nicht ganz so klasse. Sie sitzt neben mir, kramt mit abgebrochenen Fingernägeln in ihrer Handtasche und hat Schwitzflecken unter den Armen. »An dem Titel müsste man noch ein bisschen feilen«, meint sie. »**Traurige Frühstarts** … was soll denn das heißen?«

Mom blickt Hilfe suchend zu mir rüber. Ich starre weiter auf den Bart und warte, was das Loch in der Mitte noch so ausspucken wird. Aber es bleibt stumm. Dafür redet sich meine Mutter mal wieder um Kopf und Kragen.

»Wie wäre es mit *Die zehn spektakulärsten Frühstarts*? Meine Tochter hatte schon mit neun einen ganz großen Kinoerfolg. Sie ist ein Star. Ich weiß nicht, wieso das traurig sein soll. Okay, danach hatte sie einen kleinen Durchhänger, ein paar persönliche Probleme. Aber wer hat das nicht in dem Alter? Drew Barrymore war schon mit zwölf kokainsüchtig.«

Das Golfloch saugt einmal tief Luft ein und bläht beim Ausatmen die Backen auf. »Sorry, auf den Titel der Sendung habe ich leider gar keinen Einfluss. Aber sehen Sie es mal so: Ihre Tochter hätte durch die Sendung wieder die Möglichkeit, ins Gespräch zu kommen. Die Menschen würden sie wieder wahrnehmen. Ihr **eine zweite Chance** geben. Menschen tun so etwas. Vielleicht heißt die nächste Sendung dann schon *Die zehn glücklichsten Neustarts*. Und Lucky ist ganz vorne mit dabei!«

Mom nickt mir zu, und wir stehen wortlos auf. Sie will mich zwar unbedingt pushen und klammert sich dabei an jeden Strohhalm, aber sie kann es auf den Tod nicht ausstehen, wenn jemand sie verarschen will. Das Golfloch verschließt sich vor Schreck, während die Augen immer größer werden.

Mom hakt sich bei mir ein, und wir verlassen den Raum. Dann laufen wir schweigend über den Gang bis zum Fahrstuhl. Ich frage mich, ob ich es schaffe, ihr keine Szene zu machen. Im Gehen schaffe ich es auf jeden Fall. Aber im Aufzug spüre ich wieder dieses Brennen unter der Haut.

»**Menschen tun so etwas!**«, äffe ich das Golfloch nach.

Mom schaut auf den Boden. »Gib nicht wieder mir die Schuld. Ich wusste nicht, dass die Sendung so heißt.«

Jetzt fange auch ich an zu schwitzen. Der Schweiß rinnt mir unter dem T-Shirt bis in den Hosenbund.

»Pass auf, merk dir einfach, dass ich nicht ins Fernsehen will, okay!«, sage ich so leise wie möglich. »Fernsehen, das ist dieser Plastikbilderrahmen, aus dem nur Müll rausflimmert. Da will ich nicht rein. Kannst du dir das merken?«

»LUCKY!« Die Stimme meiner Mutter klingt gepresst. »Wenn ich dich managen soll, musst du mir schon ein **bisschen** freie Hand lassen!«

Mom und ich fahren mit dem Taxi nach Hause, obwohl wir im Moment eigentlich nicht mal genug Geld haben, um Katzenfutter für Königin Amidala zu kaufen. Geschweige denn, um unsere Miete zu zahlen. Was bedeutet, dass auch unsere jetzige Wohnung wohl nur eine Durchgangsstation sein wird. Es ist übrigens die siebte, in der ich seit meiner Geburt wohne. Mom ist nämlich chronisch pleite, was dazu führt, dass wir ständig irgendwo gekündigt werden und dass meine Mutter mich unbedingt an irgendeine Fernsehproduktion verschachern will, um doch noch ein bisschen Kohle reinzukriegen. Denn sie selbst bekommt noch weniger Rollen angeboten als ich mit meinem verkorksten Frühstart-Image. Trotzdem kommt Busfahren natürlich nicht infrage.

Nachmittags besteht Mom darauf, dass ich zu meinem **Schauspielkurs** gehe. Mir ist das immer peinlich, weil der bestimmt seit Monaten nicht bezahlt worden ist. Außerdem hängen da nur so blöde Musterschüler ab, die noch nie in einem Film mitgespielt haben, sich aber für die größten Talentbolzen des Universums halten. Irgendwelche Milchbubis und ein paar Bildungshyänen. Um nicht schon wieder Stress mit Mom zu bekommen und weil ich schließlich vormittags wegen des Castings schon die Schule geschwänzt habe, gehe ich hin.

Die Schauspielschule heißt *Be Yourself* und ist in einem garagenähnlichen Hinterhofgebäude untergebracht. Die meiste Zeit sitzen wir hier auf ein paar Ikea-Kissen im Kreis herum, wie in einer Krabbelgruppe. Und tatsächlich wird auch viel rumgekrabbelt und gekreucht, weil wir ständig Tiere imitieren sollen. Ich glaube, in erster Linie lernt man hier, die niederen Gefühle rauszulassen. Von wegen **be yourself** … Aufrechter Gang kommt wahrscheinlich erst in der Abschlussklasse dran.

Als ich reinkomme, sehe ich gleich den Neuen, der sich heute vorstellen soll. Ein schlaksiger Typ mit grauen Augen. Als wir uns hingehockt haben, bittet ihn Jo, der wieder seine weiße Guru-Hose mit Kordelzug trägt, ein paar Worte über sich zu verlieren. Dann wird es ganz still, denn der Neue legt erst mal eine Pause ein. Das hat er sich wahrscheinlich überlegt, um die Spannung zu erhöhen. Dabei wirkt so was nur, wenn dein Publikum tatsächlich etwas von dir erwartet. Sonst geht der Trick nach hinten los. Ich jedenfalls habe keine Erwartungen an ein neues **Be-Yourself-Talent** und finde künstliche Pausen einfach albern.

Der Neue sieht aus, als würde er innerlich bis zehn zählen, bevor er anfängt zu reden. Als die Ersten beginnen, auf ihren Sitzkissen hin und her zu rutschen, kommt er doch noch in die Gänge.

»Hi, ich bin Jago Freund, und ich bin …« Er macht schon wieder eine Pause und holt tief Luft. So als wären wir bei den anonymen Alkoholikern und er stünde kurz vor seinem Outing. Aber dann sagt er beim Ausatmen: »Ich bin einfach nur ein ganz normaler Typ.« Und am Ende des Satzes ist nun endgültig die Luft raus. »Äh, allerdings mit einer multiplen Persönlichkeit«, fügt Jago Freund schnell hinzu. »Das ist doch die Voraussetzung, um Mitglied in diesem Club hier zu werden, oder?«

Schon krass, wie sehr sich die Leute ein Bein ausreißen, um irgendwie cool rüberzukommen. Statt einfach zu sagen: »Ich heiße Jago und möchte Schauspieler werden.« Das traut sich keiner.

Später beginnt der Typ auch noch, uns von seinen Kindheitsproblemen zu erzählen. Kein Wunder, seine Eltern sind beide Therapeuten. Das heißt, er ist zeitlebens durchanalysiert worden. Der Arme kann einem echt leidtun. Die Folge ist, dass er nun selbst eine Art Interpretationszwang hat.

Als er fertig ist und sich schon für unsere Geduld bedankt hat, lässt er noch einen kleinen Nachtrag los.

»Ach ja, bevor ich's vergesse. Vor zwei Wochen hat meine Freundin mich verlassen«, erklärt er. »Ich würde sagen, klassischer Fall von nicht erfülltem Rollenklischee. Sie wollte wohl den üblichen Fels in der Brandung. Einen Baum zum Anlehnen oder so was in der Art. Puh, ich meine, guckt mich an, sieht so ein Baum aus?«

Jago Freund hat tatsächlich nichts von einem Baum. Wenn man ihm eine Pflanze zuordnen müsste, dann wäre er vielleicht ein Strauch oder ein paar trockene Schilfrohre.

»Meine Freundin meinte übrigens, aus mir würde nie irgendetwas werden. **Und schon gar kein Schauspieler.**«

Das ist der Moment, an dem wohl einer von uns etwas sagen sollte. Zumindest Jo mit der Guru-Hose und dem Vertrauenslehrerlächeln. Aber niemandem fällt etwas ein. Jago guckt von einem zum anderen, und keiner dockt an seinem Dackelblick an.

»Ach so, sie ist übrigens nicht einfach nur so aus meinem Leben verschwunden. Sie hat auch gleich meinen besten Freund mitgenommen. Genau genommen ist sie … zu ihm übergelaufen. Also, so nahtlos, meine ich.«

Die Runde schweigt immer noch. Manche schauen betroffen auf den Laminatboden. Von den Wänden blicken ein paar blasierte Filmlegenden in ihren Verführerposen auf uns herab. Marlene Dietrich und so. Der Typ tut mir irgendwie leid. Ich meine, er ist ganz schön mutig. Aber ich glaube, trotz seiner komischen Offenheit wird er sich nie was Großes trauen. Jago Freund wird sein Leben lang eine tapfere kleine Nummer bleiben. Einfach zu verkopft, der Gute.

Den Rest der Stunde machen wir Atemübungen, diesmal ganz ohne uns dabei in ein Tier hineinzuversetzen.

02

ALS ICH ZWEI STUNDEN SPÄTER nach Hause komme, sitzt Mom in ihrem alten Lederschaukelstuhl und hat die nackten Füße mit gespreizten Zehen auf der Stuhlkante abgesetzt. Sie wartet, dass der Nagellack trocknet. Ihre Lippen sind ebenfalls frisch angepinselt, allerdings sollen die so lange wie möglich feucht bleiben. Sie kauft immer diese Lippenstifte mit der **Twenty-four-hours-smooth-and-glossy-Garantie**.

»Was ist los, bist du zu einem Casting eingeladen?«

Mom grinst extrem selbstgefällig. Dann schüttelt sie den Kopf. »Nicht ich, **du**!«

Mit ihrem Super-glossy-Glanzlippen-Mund erklärt sie mir, dass Ron Hellinger vielleicht mit mir drehen möchte. **Der** Ron Hellinger, mein absoluter Ultra-mega-Lieblingsregisseur. Mom wirft das Drehbuch auf den Couchtisch. *Eintagsliebe* steht vorne auf dem Cover. Sonst nichts.

»Rate mal, wer die *Eintagsliebe* spielen soll.«

»Ich?«

»Bingo.«

»Und was ist eine **Eintagsliebe**?«

»Na ja, jedenfalls mehr als ein One-Night-Stand. Sonst hieße es ja nicht Liebe.«

Mom meint, Ron Hellinger liebt meinen allerersten Film *Lakritz und Killefitz*. Und er ist angeblich extrem neugierig, was aus diesem **genialen kleinen Querkopf** geworden ist.

Ich schnappe mir das Manuskript und verkrieche mich in meinem Bett. Doch ich bin viel zu aufgeregt, um auch nur eine Seite zu lesen. Ron Hellinger will mich kennenlernen und hält mich für die Weiterentwicklung eines genialen kleinen Querkopfs! Bin ich das? Keine Ahnung, was ich bin. Am Ende mache ich doch nur Show und bin eine arme kleine Wurst. Aber wenn mich jemand fragt, würde ich bestimmt nicht antworten: **Oh, wissen Sie, ich bin die interessante Weiterentwicklung eines genialen kleinen Querkopfs.** Das ist ja, als wäre ich so ein Pockémon. Und aus Taubsi wäre jetzt Tauboga geworden – auf dem Weg zu Tauboss. In meinem Fall Queri, Querulant und ausgewachsener Querkopf.

Als ich eine Stunde später wieder aus meinem Zimmer rauskomme, sitzt meine Mutter immer noch regungslos und mit gespreizten Zehen auf diesem Schaukelstuhl. Für einen Moment habe ich Angst, sie könnte beim Nagellacktrocknen versteinert sein. Aber bei genauerer Betrachtung hebt sich ihre Brust unter der fleckigen alten Seidenbluse. Sie ist einfach nur eingeschlafen.

»Du weißt schon, dass du das nicht alleine schaffst«,

höre ich sie plötzlich sagen, als ich mich gerade rausschleichen will. »Ich meine, seien wir realistisch. Du bist **undiszipliniert**, **faul**, **aufbrausend**, **rechthaberisch** …«

Sie leiert meine Schwächen runter wie ein langweiliges Gedicht. »Du schaffst noch nicht mal das Casting, wenn dir keiner hilft. Und das ist schon in zwei Tagen.«

Wütend drehe ich sie in ihrem Schaukelstuhl zu mir herum und schaue von oben auf sie herab. Meine Mutter ist klein und schutzlos. Sie wirkt ein bisschen wie ein Vogel in ihren zu großen Klamotten, die lose am Körper herunterhängen, seit sie abgenommen hat.

»**Genial**, du hast **genial** vergessen …«

Mom schließt die Augen. Eine ihrer angeklebten Wimpern hat sich gelöst und hängt windschief an ihrem Lid wie ein gebrochener kleiner Flügel. Sie stöhnt. »Ja, **genial**, sonst wärst du ja nicht eingeladen.«

Sie ist tatsächlich der Meinung, dass ich einen Betreuer brauche. Und sie ist realistisch genug, um einzusehen, dass sie selbst das auf keinen Fall sein kann.

»Du weißt, ich würde alles dafür geben, mit dir an diesem Set rumzuhängen. Aber wir hätten uns nach zwei Tagen in den Haaren. Du brauchst **einen richtigen Coach**. Ich hatte an diesen Jo gedacht. Deinen Schauspiellehrer. Hab ihn vorhin angerufen. Ihr könnt ab morgen Nachmittag zusammen für das Casting proben.«

Ich kann's nicht glauben, meine Mutter will mir die Guru-Hose auf den Hals hetzen. Und sie hat ihm dreißig Prozent meines Honorars versprochen, wenn er mich erfolgreich durch die Produktion begleitet und es schafft, dass ich nicht hinschmeiße, nicht abhaue, niemanden beschimpfe und brav meinen Text lerne!

Es ist Kopfschmerzwetter, als ich am nächsten Nachmittag in der Schauspielschule ankomme. Jo hat im Gegensatz zu mir das komplette Drehbuch gelesen. Und das, obwohl wir nur eine Szene für das Casting brauchen.

Er will zunächst – wie sollte es anders sein – ein paar Stimmübungen machen, bei denen man sich von **unangenehmen Tagesresten** und **Gedankenmüll** befreien soll. Gar nicht so einfach, wenn seine Anwesenheit das Unangenehmste an diesem Tag ist. Nach ein bisschen Stöhnen und Jaulen gehen wir endlich an den Dialog.

Mein Name im Drehbuch ist Beatrice, und ich soll geheimnisvoll rüberkommen, was schon mal dagegenspricht, dass ich dieses Casting überhaupt überlebe. Warum will Ron Hellinger aus mir eine Franzosenmaus machen, die den Mund kaum aufkriegt, und wenn, dann nur, um alles Mögliche **magnifique** oder **superbe** zu finden? Okay, ich kann Französisch, weil mein Großvater Franzose war und ich die ersten Jahre mit Mom bei ihm in Paris gelebt habe. Wahrscheinlich ist auch mein Vater Franzose, an den meine Mutter sich allerdings in meiner Gegenwart nicht gerne erinnern will. Na ja, das ist ein anderes Thema. Ich kann auch perfekt Deutsch mit französischem Akzent sprechen. Das ist aber auch alles, was mich für diese Rolle qualifiziert.

Jo in seiner Guru-Hose findet es allerdings **dufte**, dass ich mal etwas **Feinsinniges** spiele. Beim Üben übernimmt er die Rolle des Typen, der in diese **Eintagsliebe** zu mir verfällt, und schaut mich schmachtend an. Das ist extrem abturnend, denn er wirkt wie ein komplett chancenloser Idiot, während ich mich unsterblich in ihn verlieben soll. Sein Text ist: »Hey, ich arbeite gerade an so einer Zaubershow. Hast du nicht Lust, mir bei einem Trick behilflich zu sein? Keine Angst, ich will dich nicht zersägen oder so.«

Im Stück klopft in diesem Moment jemand an die Tür, und ich soll überfordert wirken, weil ich Angst habe, dass es mein eifersüchtiger Freund ist, der die Situation checkt.

Lustigerweise klopft es tatsächlich an der Tür. Und der schmachtende Jo in seiner scheußlichen Hose sagt »Herein«, so wie es im Drehbuch steht. Eine Sekunde später steht dieser Neue aus unserer Gruppe vor uns. Jago Freund, der Strauch.

»Oh, Jago!«, ruft Jo immer noch mit der Stimme des ertappten Hobbyzauberers. »Du kommst bestimmt wegen des Anmeldeformulars! Ich hole es dir gleich, spiele nur noch schnell mit Lucky diese Szene zu Ende. Sie übt gerade für einen Kinofilm von Hellinger.«

»Ehrlich? Wow. Lasst euch von mir nicht stören. Tut so, als wäre ich gar nicht da«, erklärt Jago mit ein paar abwinkenden Handbewegungen und setzt sich auf einen Stapel Bodenkissen nur wenige Meter von uns entfernt.

Als Profi müsste es mir natürlich egal sein, ob einer zuguckt oder nicht. Am Set gucken hundert Leute zu. Das Schlimme ist, ich bin kein Profi, und es ist mir ganz und gar nicht egal. Okay, ich war mal ein Kinderstar. Aber als Kind braucht man kein Profi zu sein. Da ist es sogar charmant, wenn man keiner ist. Alle finden es niedlich, wenn man plötzlich anfängt, in der Nase zu bohren, oder nicht mehr weiterweiß und erst mal ein Eis will oder heult. Man muss sich auch nicht so genau an den Text halten, weil man das ja noch gar nicht kann in dem Alter. Und keiner hat was dagegen, die Szene zum zehnten Mal zu wiederholen. Aber heute genieße ich definitiv keinen Welpenschutz mehr. Ich werde ganz groß scheitern, so, wie das sprechende Golfloch in seinem Silberfischanzug es vorausgesagt hat.

Ich muss an Mom denken, die ja auch groß im Scheitern ist. Und daran, dass sie immer sagt, ich wäre eine Niete im positiven Denken. Sehr aufmunternd! Sie meint, ich solle mich nicht wundern, dass ich so viel Mist in mein Leben ziehe bei den miesen Gedanken, die ich immer habe. Vielleicht hat sie recht. Aber ich weiß echt nicht, wo ich hier noch einen positiven Ansatz finden soll. Vielleicht könnte ich ja einfach spielen, ich wäre ein Profi und weder die schmachtende Guru-Hose noch der gaffende Strauch könnten mich aus der Bahn werfen. Immerhin bin ich Schauspielerin. Fake it, until you make it!

»Oh Cherie, da bist du ja«, sage ich in Jagos Richtung.

»Alexander, das ist Luis. Luis, das ist mein Freund Alexander. Wir haben, äh, Luis hat, also, er ist zufällig vorbeigekommen, weil er noch etwas abholen wollte.«

Das ist original mein holpriger Text, den ich glatt durchspreche, ohne mich beim Holpern zu verhaspeln. Im Gegenteil, ich finde mich richtig gut. Aber Jo zieht eine seiner wild wuchernden Augenbrauen fast bis zum Haaransatz hoch und schüttelt den Kopf.

»Irgendwie spürt man gar kein richtiges Schuldbewusstsein. So ein bisschen Demut fänd ich an dieser Stelle nicht schlecht.«

»Puh«, schnauft Jago aus dem Hintergrund.

Jo dreht sich zu ihm um. »Wolltest du etwas sagen?«

»Na ja, ich fand diese trotzige Art gar nicht schlecht. Ich meine, der Regisseur würde für die Rolle bestimmt nicht Lucky in Erwägung ziehen, wenn er nach einem demütigen Charakter suchen würde.«

Jo nickt. »Interessanter Einwand«, erklärt er so ironisch, wie es seine Vertrauenslehrerstimme zulässt. »Leider haben wir nicht die Zeit, alle Anfängerfragen auszudiskutieren.«

Dann will er einfach weitermachen, obwohl Jago doch vollkommen recht hat. Wir spielen die Szene noch mal, und ich bin kein bisschen demütiger als vorher. Dafür habe ich allerdings einen Texthänger. Zu allem Überfluss beginnt Jo vor Nervosität mit den Bändeln seiner Hose zu spielen. Jago und ich zwinkern uns deswegen zu, was leider nicht unbemerkt bleibt.

»Okay, wenn dich alles überfordert, was nicht bockig und widerspenstig gespielt wird, dann kannst du dich gerne mit diesem, diesem Greenhorn da zusammentun«, zischt Jo mich an. »Vielleicht möchte er dich ja lieber unterrichten.«

Ich muss grinsen. Keine Ahnung, wo unser Schauspiellehrer solche Ausdrücke herhat. Wahrscheinlich aus irgendwelchen **Winnetou-Filmen**.

»Oh, Greenhorn«, wiederholt Jago.

Jo schnauft wie ein Pferd. Er schlägt vor, dass Jago doch die Szene mit mir spielen soll, wenn er alles so viel besser weiß. Und der geht auch noch darauf ein. Er nimmt Jo das Manuskript aus der Hand, liest sich seine Rolle kurz durch und beginnt dann zu spielen. Dafür, dass er ein Anfänger ist, läuft es ziemlich gut zwischen uns, was Jo allerdings ganz und gar nicht findet.

»Mit so einem Kinderkram kann ich mich echt nicht aufhalten!«, flucht er und schlüpft mit seinen grob gestrickten Wollsocken in ein paar ausgetretene Biker-Boots. Dann verlässt er wortlos den Raum.

»Tut mir leid.« Jago nimmt die Hände vors Gesicht. »Ich hätte mich nicht einmischen sollen. Ich bin ein Idiot.«

»Quatsch. Der wollte sowieso lieber Tierimitator werden.«

Als er die Hände wieder runternimmt, sehe ich ihm zum ersten Mal richtig ins Gesicht. Er ist blass und unrasiert und schaut mich aus aufgerissenen grauen Augen an.

»Ich würde viel lieber mit dir weitermachen«, höre ich mich plötzlich sagen. Keine Ahnung, warum mir das rausrutscht, aber irgendwie stimmt es. Ich fühle mich von Jago, dem Strauch mit dem struppigen Bart, wesentlich besser verstanden als von der schmachtenden Besserwisser-Guru-Hose. »Du kriegst natürlich auch Geld dafür. Meine Mutter zahlt dreißig Prozent von dem, was ich verdiene, an den, der mich heil durch diese Dreharbeiten bringt.«

Jagos Angstaugen werden noch ein Stückchen größer. Er schüttelt den Kopf. »Äh, nein, das geht auf keinen Fall«, stammelt er. »Ich meine, ich bin komplett ungeeignet. Wie ich gestern ja schon erwähnt habe. Ich bekomme mein eigenes Leben kaum geregelt. Es gibt Tage, da bin ich froh, dass ich überhaupt aufrecht laufen kann. Also, jemandem helfen zu müssen, würde mich komplett überfordern.«

Jago findet, dass ich bestimmt Freunde habe, die mich viel besser unterstützen könnten als er. Weil ich doch ein Star bin. Und Stars haben immer Freunde und Verehrer. Unzählige sogar. Und von den meisten wissen sie noch nicht mal was.

»Mein Freund zum Beispiel«, erklärt Jago weiter und zieht seine Jacke zusammen, als wolle er sich die Luft abschnüren. »Also, der, der mit meiner Freundin durchgebrannt ist. Der verehrt dich wie Bolle. Wenn ich dem sagen würde, dass ich dich kenne, der würde mir die Füße küssen. Wahrscheinlich würde er sogar meine Freundin wieder freigeben, wenn er dich dafür kennenlernen dürfte. In jedem Fall würde er auf der Stelle mit dir für *Eintagsfliege* oder wie dieser Film heißt üben. Und zwar, ohne Geld dafür zu verlangen. Wahrscheinlich würde er sogar draufzahlen.«

Ich antworte nicht, sondern schaue Jago einfach nur an. Das hilft ja manchmal, wenn man etwas von jemandem will. Einfach gar nicht auf Einwände reagieren. Dabei verstehe ich selber nicht, warum ich so unbedingt diesen Verrückten als Coach haben möchte. Vielleicht, weil er eben **kein** Verehrer von mir ist. Oder weil er mir eben dieses Trotzkopf-Kompliment gemacht hat. Aus unerfindlichen Gründen fühle ich mich von diesem Typen hier verstanden!

Mein langer stummer Blick zeigt leider kein bisschen Wirkung.

»Sorry, ich muss gehen. Mein Liebeskummer lässt mir immer nur zwanzig Minuten Freigang pro Nachmittag zu«, erklärt Jago. »Dann muss ich schnell wieder unter die Bettdecke und weiterheulen. Außerdem läuft gleich eine neue Folge von *Still loving you*. Ich bin süchtig danach.«

Seine komische Emo-Art ist irgendwie niedlich. Und ein **Nein** hat mich immer schon gereizt. Auch wenn diese Herzschmerz-Show, in der irgendwelche Liebestrottel vorgeführt werden, echt daneben ist. Mindestens so schlimm wie *Die zehn traurigsten Frühstarts*! In meiner Not fange ich doch noch an, mich um Kopf und

Kragen zu reden. Ich zähle ihm alle Vorteile auf, die dieser Job für ihn hätte. Er wäre mit am Set einer Kinoproduktion, könnte super Kontakte knüpfen und Folgeaufträge als Schauspielercoach einheimsen. Vielleicht würde ja sogar eine eigene Rolle dabei herausspringen. Und für seinen blöden Liebeskummer hätte er einfach keine Zeit mehr, was bedeuten würde, dass es ihn auch nicht mehr gäbe. »Ein super Deal! **Du tauschst deinen komischen Kummer gegen Reichtum und Ruhm.**«

Ein kleines Grinsen huscht über Jagos Gesicht. Ich hab ihn! Doch dann schüttelt er wieder den Kopf und geht zur Tür. »Muss mich beeilen, weil ich doch noch dieses Anmeldeformular brauche. Und der innere Wasserpegel steigt langsam.«

Tatsächlich ist seine Stimme ein bisschen wackelig geworden. Womöglich ist das gar kein Witz mit der Heulerei. Ich rufe ihm noch hinterher, dass ich heute um fünf einen kleinen Auftritt habe, aber er reagiert nicht mehr. »IM STADTGARTEN AUF DER KINDERBÜHNE. ICH BIN DER SATANSBRATEN, FALLS DU KOMMST UND MICH NICHT GLEICH ERKENNST.«

Die Worte bleiben blöd mit mir zusammen im Raum zurück, und die Filmdiven gucken noch spöttischer als sonst von den Wänden.

Der Satansbraten. Wieso erzähle ich ihm das? Es ist eine schreckliche Rolle in einem schrecklichen Kindertheater. Und ich hab sie nur angenommen, damit wir wieder neues Katzenfutter kaufen können.

03

ALS SATANSBRATEN habe ich ein Brathähnchen-Kostüm an und eine Mega-Gabel aus Schaumstoff im Rücken stecken. Außerdem wachsen aus meinem Hühnerkopf zwei dicke rote Hörner. Ich bewege mich ungefähr so tollpatschig wie Bibo aus der Sesamstraße. Angst muss also niemand vor mir haben. Sehen kann ich eigentlich auch kaum etwas. Es gibt einen Sehschlitz auf der linken und einen auf der rechten Seite des Hühnerkopfs. Geradeausgucken ist damit schon mal unmöglich. Trotzdem halte ich mit verrenktem Hals nach Jago Freund Ausschau und bete zu Gott, dass er nicht gekommen ist. Wie konnte ich ihm nur von diesem Job erzählen? Ich meine, er hielt mich noch bis vor wenigen Stunden für einen Star!

In meiner stärksten Szene steige ich auf einen Esel, der aus zwei Menschen besteht. Ein stehender vorne und ein gebückter hinten. Wegen meines fetten Hühner-Kostüms glaubt natürlich jeder, dass das Eselchen sofort zusammenbrechen wird, wenn ich aufsattele. Es geht ein

Aufschrei der Empörung durch das Publikum. Aber der Schaumstoff wiegt kaum etwas, und der Esel hält tapfer stand. Kaum sitze ich oben, soll ich auch schon versuchen, den störrischen Esel mit allen Mitteln zum Gehen anzutreiben. Wie wild prügele ich mit einem aufblasbaren Baseballschläger auf ihn ein. Wieder ist das Publikum entsetzt, und das Eselchen heimst alle Sympathiepunkte ein.

Erst beim Verbeugen, als ich endlich den Hühnerkopf abnehmen darf, entdecke ich Jago. Er steht mit einem Typen in der allerletzten Reihe und wird wahrscheinlich jeden Moment fliehen. Doch als ich mich aus meinem Kostüm gepellt und die mickrigen zwanzig Euro Gage in Empfang genommen habe, steht er immer noch da und wartet auf mich. Besser gesagt, der Freund von Herrn Freund scheint auf mich zu warten. Er reißt jedenfalls die Augen auf, als er mich sieht, und nimmt eine kerzengerade Haltung an, während Jago schlaff und beinahe leblos daneben steht. Als der Freund sich in meine Richtung bewegt, trottet er einfach nur hinterher.

»Hi, Lucky, darf ich dir Toller vorstellen? Ich hab dir ja schon von ihm erzählt«, nuschelt Jago zur Begrüßung.

Toller streckt mir seine Hand entgegen. Keine Ahnung, seit wann man sich in unserem Alter die Hand gibt?!

»Toller?«, frage ich. »Ist das dein richtiger Name?«

Doch statt auf die Frage zu antworten, grinst er nur.

»Ich hoffe, Jagochen hat nicht wieder schlecht von mir

gesprochen. Oder behauptet, ich hätte ihm die Freundin ausgespannt?«, fragt er.

»Doch, ich fürchte, das hat er.«

Toller schiebt nachdenklich die Oberlippe vor, als wolle er uns den schwarzen Flaum darüber präsentieren. Dann schüttelt er den Kopf.

»Das ist natürlich Bullshit. Dass Sweety in mich verknallt ist, da kann ich nun wirklich nichts dafür. Aber ich würde sie im Leben nicht anfassen! Jedenfalls nicht, solange unser Jagolino noch um sie trauert.«

Bei dem Wort **anfassen** wird Jago plötzlich wach. Er holt tief Luft und tut dann so, als wäre dieser Toller gar nicht da. »Ich bin nur gekommen wegen deinem Angebot von vorhin«, erklärt er. »Ich weiß das echt zu schätzen, dass du glaubst, ich könnte dich coachen. Aber ich kann es leider wirklich nicht.«

»Klar kannst du«, mischt Toller sich ein. »Das haben wir doch besprochen! Ich meine, deine Eltern sind Psychotherapeuten. Und du ihr einziges Kind. Wenn einer weiß, wie man jemanden auf Spur bringt, dann du.«

Jago schüttelt den Kopf. »Sorry, es geht nun mal nicht. Ich bin echt nicht in Form.«

Aber Toller lässt sich nicht bremsen. »Du glaubst gar nicht, wie der Typ mich schon beraten hat«, fängt er an zu schwärmen. »Der hat Tricks drauf, das ist der Hammer. Du weißt schon, Mimik, Körpersprache, Rhetorik … Unser Jagochen ist ein Genie. Nur selbst umsetzen kann er den Kram leider nicht.«

Jagochen ist sichtlich genervt. Er zieht Toller am Ärmel und will gehen.

»Hey, der will einfach noch ein paar Mal gebeten werden. Das ist seine Zauder-Masche«, raunt Toller mir noch schnell zu und steckt heimlich etwas in meine Jackentasche. Dann sind die beiden verschwunden.

Ich starre ihnen noch eine Zeit lang nach. Dann greife ich vorsichtig in die Tasche und hole eine Visitenkarte heraus. *Toller* ist in goldenen Buchstaben in das dicke Papier geprägt. Und eine Handynummer. Mehr nicht. Auf der Rückseite hat Toller mir eine Nachricht hinterlassen: **Ruf mich an. Ich kann dir alles erklären!**

»Hi, was geht?«, meldet sich Toller, nachdem ich zwei Stunden später tatsächlich seine Nummer gewählt habe.

»Du wolltest mir etwas erklären?«

»Oh, Lucky, du bist das!« Tollers Stimme macht einen kleinen Hopser.

»Du wolltest mich doch sprechen.«

»Ja, äh, ich wollte dir Jago erklären. Ich meine, wie du ihn ganz einfach rumkriegst. Aber sag ihm bitte nicht, dass ich dir meine Nummer gegeben habe. Der Typ killt mich.«

»Schon gut. Wie kriege ich ihn denn rum?«

»Ist total simpel, Jago hat ein Helfersyndrom. Er hilft dir jedoch nur, wenn es dir schlecht geht. **Das ist der Trick.** Du musst am Boden zerstört sein wegen irgendetwas. Dann geht er für dich bis ans Ende der Welt. Aber wenn du ihn einfach nur nett um irgendetwas bittest, dann geht er nicht mal bis zum nächsten Kiosk für dich. Ich schwör dir, so ist der.«

Was ist das jetzt wieder für eine Geschichte? Dieser Toller ist echt seltsam. Nicht auszuschließen, dass er irgendwelche Hintergedanken hat.

»Du meinst, ich soll auf arme Wurst machen, damit der mich coacht?«, frage ich. »Das ist nicht mein Style. Und außerdem muss man beim Coachen Vertrauen zueinander haben. Ich kann dem nicht die ganze Zeit was vormachen. Abgesehen davon, dass der das sowieso checken wird.«

Toller antwortet nicht gleich. Ich höre, wie er ein paar Schlucke trinkt. Dann gibt er mir einfach recht und meint, es wäre auch nur so eine Idee gewesen. Aber wenn ich einen anderen Coach suchen würde, könnte ich ja ihn fragen.

Unfassbar!

»Du willst deinem besten Freund also nicht nur die Freundin ausspannen, sondern auch noch den Job wegnehmen?«

Toller stöhnt und macht auf empört. Angeblich hat er Jago **nie-nie-niemals** etwas weggenommen. Im Gegenteil. Er würde seinen Freund seit Jahren irgendwie mit durchziehen. Der wäre zwar ein echtes Brain, aber leider vollkommen unfähig, was die Umsetzung seiner Erkenntnisse angeht. Darum müsste man ihn immer aus irgendwelchen Löchern fischen. »Der gräbt sich alle paar

Minuten sein eigenes Grab, und ich kann ihn dann wieder ausbuddeln.«

Ich weiß nicht, warum ich immer noch glaube, dass Jago genau der Richtige für mich ist. Vielleicht, weil ich das mit den Löchern nur zu gut kenne.

»Ich will aber **ihn** haben«, erkläre ich und bitte Toller, mir einfach nur Jagos Adresse zu geben. Als ich sie habe, behaupte ich, dass die Verbindung schlecht geworden ist, und lege auf.

04

JAGO LEBT in einem Appartement in der Aachener Straße. Die Klingelanlage ist runtergekommen und im wahrsten Sinne des Wortes vielschichtig. Keiner scheint hier lange zu bleiben. Seltsam, dass eine Psychologen-Kleinfamilie in so einem abgerockten Übergangshaus wohnt. Der Name **Freund** klebt auf dem Gipfel eines kleinen Aufkleber-Berges.

Ich muss dreimal klingeln, bevor die Tür plötzlich aufspringt. Von der Lage des Klingelschilds kann man auf den zweiten Stock schließen. Aber alle Türen im Treppenhaus sind verschlossen. Also klingele ich einfach irgendwo. Ich höre, wie innen eine Sicherheitskette vorgelegt wird. Dann geht die Tür einen Sehschlitz weit auf, und eine ältere Dame schaut mich feindselig an.

»'tschuldigung, ich suche Jago Freund. Er hat mir zwar unten aufgedrückt, aber jetzt weiß ich nicht, wo seine Wohnung ist.«

Die Alte antwortet nicht und sieht aus, als wäre ich ihr erster menschlicher Kontakt seit Tagen. Wie in Zeitlupe schüttelt sie den Kopf und lässt die Tür wieder ins Schloss fallen.

Ich schaue mich um. Erst jetzt bemerke ich, dass am Ende des Gangs eine weitere Tür einen Spalt auf steht. Als ich näher komme, sehe ich allerdings, dass niemand dahinter auf mich wartet. Nach mehrmaligem Klopfen und Klingeln wage ich mich ein Stückchen weiter vor.

Leider versperrt mir eine zweite Tür den Blick. Ich kann nur in einen kleinen, extrem aufgeräumten Flur sehen, in dem tatsächlich Jagos Jacke hängt. Sonst nichts. Ob er mit siebzehn schon ein eigenes Appartement hat? Ohne seine Psycho-Eltern? Und wenn ja, warum ist dann alles so clean? Und warum macht er die Tür auf und meldet sich nicht?

Vorsichtig öffne ich auch die zweite Tür ein Stückchen und blicke in einen Raum, der wie ein Hotelzimmer eingerichtet ist. Nirgendwo liegt etwas rum. Es hängen auch keine Fotos an der Wand oder gar Poster. Und mitten in dem merkwürdigen Zimmer liegt Jago in seinem Bett mit dem Gesicht zur Wand und bewegt sich nicht. Vielleicht wurde er überfallen und ist ohnmächtig geworden?

»Jago?«, frage ich leise.

Er rührt sich nicht. Erst jetzt sehe ich die kleinen schwarzen Kopfhörer, die in seinen Ohren stecken. Und vor ihm liegt das iPad, auf dem doch tatsächlich eine neue Folge von *Still loving you* läuft.

»JAGO?«, rufe ich etwas lauter.

Als er meine Stimme hört, dreht er sich ruckartig zu mir um und starrt mich an. »Lucky? Was machst du denn hier?«

»Sorry, die Tür war auf. Ich dachte ...«

Jago schiebt blitzschnell das iPad unter die Decke und setzt sich aufrecht hin. »Ich dachte, es wäre meine Mutter, die kommt nachmittags immer vorbei.«

Sehr seltsam. Er wohnt alleine, wird aber nachmittags von seiner Mutter besucht, der er die Tür aufdrückt, um sich dann aber wieder mit *Still loving you* ins Bett zu legen? Ich lasse mich auf einen der beiden Minisessel fallen, die neben einem runden Tischchen mit Stehlampe stehen. Dann gestehe ich Jago, dass ich seine Adresse von Toller bekommen habe. Und dass ich einen letzten Versuch starten wollte, um ihn rumzukriegen. »Ich weiß, du hast mir schon zwei Mal abgesagt. **Aber ich brauche dich wirklich.**«

Jago starrt mich an, wie man ein seltenes wildes Tier anstarren würde, wenn man es plötzlich in seiner Wohnung entdeckt. Und weil er gar nichts sagt und ich mir immer blöder vorkomme, fange ich plötzlich an zu heulen. Ich bin mir selbst nicht sicher, ob es ein gespieltes Heulen oder ein echtes ist. Oder ob ich schon nicht mehr zwischen diesen beiden Zuständen unterscheiden kann. Eigentlich hatte ich mir vorgenommen, nicht diesen miesen Trick von diesem miesen Toller anzuwenden. Ich will schließlich nicht, dass mir jemand nur wegen seines Helfersyndroms hilft.

»Was ist denn jetzt?«, will Jago wissen. Er krabbelt aus dem Bett, streift schnell eine Jeans und einen Hoodie über und kommt zu mir rüber. »Was ist denn los mit dir?«

»Ich hab noch nicht mal Geld, um das Katzenfutter für meine Katze zu kaufen«, ist der erste Satz, den ich rausbekomme. Dabei würde ich nicht sagen, dass Geld mein eigentliches Problem ist. »Ich brauche diesen Job. Und ich brauche jemanden, der mir dabei hilft. Ich kann mich ja irren, aber ich irre mich nicht. **Du bist genau der Richtige.**«

Jago setzt sich auf den anderen Sessel und sieht mich prüfend an. »Ich könnte dir was leihen«, sagt er.

Das hat mir seit Monaten niemand mehr angeboten. Weil alle meine Freunde wissen, dass ich ohnehin nie einen Cent zurückzahle. »Danke, aber Schulden habe ich eigentlich schon genug.«

Jago nickt. Er sieht nachdenklich aus.

»Ich muss wieder auf die Beine kommen, verstehst du. Aber ich will nicht, dass du es aus Mitleid tust. Echt nicht. Auch wenn ich diese Nummer hier abziehe.«

Jago nickt immer noch. Vielleicht wippt er auch nur mit dem Kopf, weil er ein bisschen **crazy** ist.

»Hör zu, meine Mutter kommt jeden Moment. Und ich finde nicht, dass wir die Sache in ihrer Gegenwart besprechen sollten. Das würde alles unnötig verkomplizieren.«

Zwei Minuten später stehe ich mit verschmierter Wimperntusche wieder auf der Straße, und Jago schlägt vor, dass wir kurz beim Thailänder eine Suppe essen gehen.

Dann fängt er schon wieder von seinem Liebeskummer an. »Weißt du, ich kann nichts essen, seit sie weg ist. Aber in Gesellschaft gelingt mir manchmal eine Suppe.«

Vielleicht ist Jago ja wirklich nicht der Richtige für mich. Es ist zwar tröstlich, dass er auch Probleme hat. Sehr tröstlich sogar. Aber wenn wir uns zusammentun, sind wir am Ende einfach nur **doppelt problematisch**. Vielleicht sollte ich aufgeben. Zumal er beim Löffeln seiner Suppe weiterhin keinen Ton sagt.

»Hör zu, in zwei Tagen ist das Casting. Wenn du wirklich nicht willst, dann darf ich jetzt keine Zeit verlieren.«

Jago tupft mit der Serviette an seinen vollkommen sauberen Mundwinkeln herum. Dann ruft auch noch seine Mutter an, der er umständlich erklärt, warum er nicht zu Hause ist. Als ich gerade aufstehen und abhauen will, hält er mich fest und zieht mich zu sich auf die Bank. Ich rieche das Waschmittel, mit dem seine Klamotten gewaschen sind. Und ich kann mich nicht erinnern, dass meine Sachen je so gut gerochen haben.

Er verabschiedet sich von seiner Mutter, steckt das Handy zurück in die Hosentasche und stöhnt. »Okay, bis zum Casting bin ich dabei«, sagt er, ohne mich anzusehen. »Unter der Bedingung, dass wir nicht rumdiskutieren. **Ich sage, wie's läuft.** Und wenn ich plötzlich nicht mehr kann, dann hast du Pech gehabt.«

Das ist zwar nicht die Art von Zusage, mit der man einen genialen Querkopf für sich gewinnt. Aber ich habe wohl keine Wahl und nicke.

Dann erklärt Jago mir die Regeln. **Seine Regeln.**

»Regel eins: Ich bin der Boss, und wir fangen noch heute an. Regel zwei: Wir üben bei mir, und ich liege dabei im Bett.«

»Dafür, dass du nur an diese Sweety oder wie sie heißt denken kannst, hast du aber schon ganz schön konkrete Vorstellungen von allem«, antworte ich.

»Okay, Regel Nummer drei: Erwähne nie mehr ihren Namen, oder du bist gefeuert.«

»Du willst nicht behaupten, dass das wirklich ihr Name ist!«

Jagos Blick trifft mich unvermittelt. Entweder es ist ihm wirklich todernst oder er ist tatsächlich ein toller Schauspieler.

»Ist ja schon gut!«, sage ich schnell.

Wir verabreden uns in einer Stunde in Jagos Appartement. In der Zwischenzeit will er noch schnell seine Mutter treffen, die sich angeblich sorgt, weil sie ihn nicht am Boden zerstört in seinem Bett liegend vorgefunden hat.

»Ich bin gerade erst zu Hause ausgezogen«, erklärt er. »Sie ist noch nicht ganz drüber weg und ziemlich anhänglich.«

Ich nicke, spare mir einen blöden Kommentar und verabschiede mich.

Um nach Hause zu fahren, ist eine Stunde zu knapp. Aber mir fällt ein, dass Li hier gleich um die Ecke wohnt. Sie geht in meine Klasse und mag mich, ohne dass ich weiß, warum, oder dass ich je nett zu ihr war. Ich bin eigentlich selten richtig nett zu jemandem aus meiner Klasse. Dafür habe ich einfach schon zu oft die Schule gewechselt. Denn mit jedem Wohnungswechsel stand meistens auch eine neue Schule auf dem **Alles-wieder-auf-Anfang-Lebensplan**.

Vielleicht steht Li ja drauf, wenn man sich nicht um sie bemüht? Oder sie bewundert irgendetwas an mir? So wie dieser Toller, der ja auch aus unerfindlichen Gründen auf mich steht. Wobei Lis Bild von mir bestimmt ein bisschen realistischer ist als das von Toller. Immerhin sieht sie mich jeden Tag im Unterricht – auch in den peinlichsten Situationen. Zum Beispiel, wenn ich mal wieder drangenommen werde, ohne dass ich die geringste Ahnung habe, worum es gerade geht. Kann sein, dass Li mich genau deswegen mag. Also nicht für mein Nichtwissen, sondern dafür, dass mir mein Nichtwissen egal zu sein scheint. Das hält sie wohl für cool, weil sie selbst immer alles pingelig vorbereitet hat und brav im Unterricht aufpasst. Dass mir meine miesen Noten eigentlich überhaupt nicht egal sind, kann sie ja nicht wissen.

Ich rufe Li an, und fünf Minuten später sitze ich in ihrem Zimmer auf dem Sofa und schaue mir die neuen Plakate an ihren Wänden an. Li hat tatsächlich Fotos von ihrem eigenen Zimmer auf zwei mal drei Meter aufgeblasen und ihre Wände damit tapeziert. Jetzt steht das Sofa vor einem überdimensionalen Bild von sich selbst. Und die anderen Möbel auch.

»Ja, ich weiß, es ist ungewöhnlich«, sagt sie. »Aber ich wollte, dass das Zimmer größer wirkt.«

Ich nicke. Beim Thema **Einrichtung** traut sie sich jedenfalls eine Menge mehr als beim Thema **Hausaufgaben schlampen**. Eigentlich ist die Idee toll, auch wenn die großen Möbel an den Wänden eine gewisse Übermacht bekommen und man selbst sich ein bisschen mickrig und verloren fühlt.

Li hat Tee gemacht, und sie will ganz höflich wissen, was mich denn »zu ihr führt«.

»War nur gerade in der Gegend, weil ich hier ein Coaching für ein Filmcasting mache.«

Ich versuche, das so beiläufig wie möglich zu erzählen, aber gerade diese Beiläufigkeit klingt plötzlich besonders angeberisch.

»ACH, EEECHT!«, ruft Li voller Bewunderung.

»So toll ist das nicht. Der Coach ist nur ein Typ aus meiner Schauspielschule. Ein totaler Anfänger. Und ich bin mir auch nicht sicher, ob wir das zusammen hinkriegen.«

Es scheint egal zu sein, was ich sage, Lis Augen sind immer noch vor Bewunderung weit aufgerissen. Irgendwie tut es auch gut, so ein bisschen angehimmelt zu werden nach allem, was ich heute von Jago einstecken musste.

Li, die sich bei *Klau den Look der Stars* die neusten Promi-Kombis nachkauft, steht in ein paar Shorts und Overknee-Stiefeln vor mir und zupft an ihrem mit besenstieldicken Nadeln gestrickten Schlabberpullover herum. Sie will tatsächlich alle Details von diesem Coaching wissen und stellt ganz viele Fragen, auf die ich selbst noch gar nicht gekommen bin. Zum Beispiel, ob Jago vielleicht ein paar Zwangsstörungen hat, weil bei ihm alles so unnatürlich aufgeräumt ist. Auch die Tatsache, dass er überall rumerzählt, was für ein **Jammerlappen** er ist, findet Li **nicht normal**.

»Klar ist der nicht normal. Ich meine, wer mag schon Normalos?«, versuche ich beide Fragen auf einen Schlag abzutun.

Trotzdem arbeiten ihre Bedenken in mir weiter. Aber auch mein Einwand scheint Li ins Grübeln gebracht zu haben. Jedenfalls lässt sie sich wie ein angeschossener gestiefelter Kater aufs Bett fallen und starrt an die Decke, an der ein Riesenposter von dem Fenster neben dem Schreibtisch klebt. Hinter dem XXL-Fenster zieht eine Mega-Gewitterfront auf, vor der ein paar Schwalben kreisen.

»Die Idee mit den Postern habe ich von so einer **Do-it-yourself-Internetseite**«, gesteht sie. »Da konnte man für die coolsten Wohn-Looks voten.«

»Hey, machst du dir etwa Sorgen, zu normal zu sein? Nur weil du nicht selbst auf deine Klamottenkombis und deine Einrichtungsideen gekommen bist?«

Li zieht sorgenvoll die Mundwinkel runter, was sie ein bisschen wie einen Mops aussehen lässt. Ich muss lachen.

»Hey, wenn du meine ehrliche Meinung wissen willst: Das ist alles andere als normal. Vielleicht ist es sogar ein bisschen seltsam. Aber normal ist das bestimmt nicht.«

Das war eigentlich nicht als Kompliment gemeint, aber Li schaut mich trotzdem erleichtert an. Sie dreht sich auf den Bauch und schaut mir unvermittelt in die Augen. »Weißt du was, ich kenne diesen Typen, glaube ich. Heißt er Jago?«

Ich nicke und drehe mich nun auch auf den Bauch.

»Der ist der Sohn von Freunden meiner Eltern!«

»WAS? UND DAS SAGST DU ERST JETZT?«

Sie kichert. Ganz normal ist sie echt nicht.

»Genau genommen, kenne ich ihn schon, seit ich auf der Welt bin. Nur dass ich ihn echt selten sehe. Aber meine Mutter, die oft mit seiner Mutter rumtratscht, du weißt schon, über Erziehungsprobleme und so, die weiß, glaube ich, **alles** über ihn.«

Ich werfe mich neben Li aufs Bett und ziehe an ihrem löchrigen Pullover.

»Sag schon, was hat sie so von ihm erzählt?«

»Eigentlich nicht viel.« Li zieht die Stirn in Falten, als müsse sie nachdenken. »Mütter können ja so verschwiegen sein.«

»OH MANN, RÜCK ENDLICH RAUS MIT DER SPRACHE!«

Nachdem sie sich noch ein bisschen geziert und geräuspert hat, zählt Li schließlich nur Dinge auf, die echt kein Geheimnis sind. Dass er hochbegabt ist und damit nicht gut klarkommt … **bla, bla, bla**.

»Das weiß ich selber. Hat sie nicht noch irgendwas anderes erzählt? Zum Beispiel über diese Sweety?«

Li zögert einen Moment zu lange, bevor sie Nein sagt. »Nichts, tut mir leid.«

Um nicht zu interessiert zu wirken, tue ich so, als würde ich ihr glauben, und trinke meinen Tee aus.

»Die Probe geht weiter, ich muss gehen«, erkläre ich.

Li bringt mich noch zur Haustür und verabschiedet mich mit den Worten: »Ich kann verstehen, dass du dich in ihn verknallt hast.«

Ich gucke sie verständnislos an, aber sie lacht nur. »Ich war auch mal in ihn verliebt. Ist aber schon lange her.«

»Wie kommst du darauf, dass ich in den Typen verknallt bin?«

Lis Lachen geht in so ein Besserwisser-Grinsen über. Wahrscheinlich ist es jetzt ganz egal, was ich sage, sie wird es mir sowieso nicht glauben. Und je mehr ich bestreite, verliebt zu sein, desto unglaubwürdiger wirke ich.

»Wenn du meinst, dann bin ich halt verknallt«, sage ich und mache mich auf den Weg.

05

ZURÜCK IN JAGOS APPARTEMENT setze ich mich wieder auf den Sessel, und er legt sich wieder ins Bett. Dann gebe ich ihm meinen Text für die Castingszene. Es dauert keine zwei Minuten, bis er aufspringt und die **Rolle des Eintags-Verliebten** ganz und gar draufhat. Im Gegensatz zu Guru-Hose Jo beginnt er nicht am Anfang der Szene, sondern er setzt mittendrin ein, genau da, wo es zur Sache geht. Und er schmachtet mich auch nicht an, sondern ist seltsam cool. Trotzdem bin ich sofort elektrisiert.

»Hey, ich habe dich beobachtet. Du machst lauter kleine Dinge«, sagt Jago in seiner Rolle und schaut mich durchdringend an. »Ich meine, du wackelst mit den Zehen, wenn dir etwas peinlich ist. Oder wenn du glaubst, du bist im Recht, dann schnaubst du. Ganz, ganz leise, aber du schnaubst.«

Ich bin echt überwältigt von seiner Art. Ein bisschen fühlt es sich so an, als wolle er mich an die Wand spielen. Dabei muss ich an Tollers Worte denken, dass Jago die besten Tricks draufhat. Nur leider nicht für sein eigenes Leben.

»Oh, **wackelnde Zehen** und **eine schnaubende Nase**, das klingt ja extrem romantisch«, antworte ich als Beatrice ein bisschen von oben herab.

Jago hält weiter seinen Röntgenblick auf mich gerichtet. Aber er sagt nichts mehr. Dafür geht er entgegen der Regieanweisung noch einen Schritt näher auf mich zu. Er rückt mir richtig auf die Pelle. Dann grinst er. »Okay, ich frage mich gerade, ob du überhaupt fühlst, was Beatrice hier gerade fühlt. Verstehst du sie, oder verachtest du sie?«

Ich kann Jagos Nähe kaum mehr ertragen und lasse mich wieder auf den Sessel fallen.

»Keine Ahnung, beides vielleicht.«

»Also, wenn du Beatrice verachtest, dann musst du eigentlich Selbstverachtung spielen.«

Er meint tatsächlich, ich solle nicht die Figuren, die Szene oder den Drehbuchautor blöd finden, sondern, wennschon, dennschon, dann bitte mich selbst. Denn **ich bin** Beatrice.

Mir wird heiß, und das Brennen unter der Haut setzt wieder ein.

»WAS SOLL DER BLÖDSINN?«, rufe ich und springe wieder auf. »BIST DU KRANK? WIESO SOLL ICH MICH SELBST VERACHTEN?«

Jago zeigt einfach nur zur Tür. »Du kannst jederzeit gehen. Ansonsten gilt Regel Nummer eins.«

Ich schnaube, so wie Beatrice angeblich schnaubt, wenn sie sich im Recht fühlt. Nur zehnmal lauter. Der Typ hat mich voll in der Hand. Und wenn ich mit einer Sache nicht klarkomme, dann sind es Typen, die ihre Macht ausspielen wollen. Ich hätte nie gedacht, dass Jago der Strauch sich in so einen verwandeln könnte.

»Du hast doch selbst gesagt, dass ich die Rolle **nach meinem Style** spielen sollte. Sonst hätte Ron Hellinger ja gleich jemand anders nehmen können.«

»Sag ich doch!«, erklärt Jago. »Wenn du Verachtung spielen willst: bitte schön. Aber du kannst nicht diesen komischen Hobbyzauberer verachten, weil du dich in dem Film in ihn verliebst. Du kannst auch nicht den Drehbuchautor verachten, weil es in der Phantasie der Zuschauer gar keinen Drehbuchautor gibt. Verstehst du? Bleibt also nur Selbstverachtung.«

Ich hasse es, dass es auch noch Sinn macht, was er sagt. Es baut sich immer mehr Wut in mir auf.

Jago holt zwei Dosen Eistee aus seiner winzigen Küche, und wir setzen uns auf sein Bett.

»Sorry«, sagt er. »Ich bin wohl ein bisschen übers Ziel hinausgeschossen.« Ich nicke und versuche einen Wutanfall zu unterdrücken.

»Wahrscheinlich würdest du den Job auch kriegen, wenn du einfach nur auf deine Art bockig wärst. Ich meine ohne Selbstverachtung und so. Die wenigsten können den Unterschied überhaupt sehen.«

Ich nicke wieder und lasse mich nach hinten fallen.

Dann starre ich an die Decke. In Dreierreihen stehen Halogenleuchten wie erloschene Sterne an einem aufgeräumten Himmel.

»Ich sehe vielleicht zu viel, das ist mein Problem«, sagt Jago, der sich ebenfalls nach hinten fallen lässt und nun auch in diesen toten Himmel starrt.

»Willst du wissen, was ich glaube?«, fragt er, als wir einige Zeit dort gelegen haben und ich wieder ruhiger geworden bin.

»Was denn?«

»Ich glaube, du hast zu viele alte Programme in deinem Kopf laufen, verstehst du?«

Er dreht sich zu mir, und ich sehe sein Gesicht, das jetzt nur eine Handbreit von meinem entfernt ist.

Ich schnaube wieder. Aber diesmal ganz, ganz leise. Dazu wackele ich mit den Zehen und stupse seinen Fuß dabei an. Ich dachte, das wäre irgendwie nett von mir. Aber Jago scheint es gar nicht zu bemerken. Er ist viel zu sehr in seinem **Ich-sehe-was-was-du-nicht-siehst-Ding** drin.

»Ein paar von denen musst du mal zumachen«, sagt er.

»Ein paar von welchen?«, frage ich und schaue an mir herunter, so, als würde ich glauben, dass vielleicht irgendwelche Knöpfe an mir aufgegangen sind.

Aber er scheint auch diesen kleinen Witz nicht zu bemerken. Denn er redet weiter von diesen inneren Programmen, die angeblich bei mir im Hintergrund offen stehen wie Apps, die man vergessen hat zuzumachen und die unnötig Energie saugen. »**Um zu bekommen, was du willst, muss du erst mal das loslassen, was du nicht willst. Sonst ist einfach kein Platz da.**«

»Jetzt hör doch auf!«, unterbreche ich ihn. »Ich bin mir ja gar nicht sicher, dass ich Verachtung spielen will. Ich hab doch nur **vielleicht** gesagt.«

Dann gehe ich ins Bad, schließe die Tür hinter mir zu und sehe mein Gesicht im Spiegel. Es ist weich und eigentlich viel zu nett. Ein Gesicht, gegen das man anspielen muss, wenn man etwas Großes erreichen will. In mir steckt mehr als eine niedliche Beatrice.

»Hör zu, ich verachte mich aber nicht selbst«, erkläre ich Jago, als ich zurückkomme. »Ich verachte immer nur die anderen. Meinetwegen auch diesen Zauberfuzzi, in den ich mich verliebe. Ehrlich gesagt finde ich am Anfang jeden Menschen schrecklich. Und die, in die ich mich verliebe, ganz besonders. Ich will mich ja eigentlich auch gar nicht verlieben, verstehst du? Also, lass mich das so spielen, wie ich will.«

Jago nickt. Er wirkt beeindruckt. Ich wusste, dass ich ihn mit so einem Geständnis umstimmen würde. In dem Punkt ist er wirklich wie ein Therapeut: **Er ist erst zufrieden, wenn der Patient irgendetwas gesteht.**

»Okay, das macht Sinn«, sagt er. »Dann verliebst du dich einfach erst später in mich. Also, ich meine, in diesen Zauberfuzzi.«

Ich nicke, und wir üben einfach weiter. Seltsamerweise ist plötzlich das Brennen unter der Haut wieder ganz verschwunden. Und die Wut auch. Beatrice ist erschöpft und ein bisschen traurig. Und sie mag diesen komischen Zauberer plötzlich. Weil er das Schnauben gehört und die wackeligen Zehen bemerkt hat. Ich könnte heulen, wenn ich bedenke, wie wenig die Leute von **mir** wissen. Vielleicht, weil ich ihnen nichts zeige. Aber vielleicht auch, weil sich sowieso niemand die Mühe macht, genau hinzusehen.

Als die Szene sitzt, will Jago sie unbedingt jemandem vorspielen. Ich habe die Idee, einfach ein paar Türen weiter zu klingeln und unsere kleine Liebesgeschichte aufzuführen. So ganz ohne Erklärung. Jago ist begeistert. Ich soll mir eine Tür aussuchen, und ich nehme natürlich die mit den vielen Sicherheitsschlössern und der bösen alten Dame dahinter. Sie legt tatsächlich wieder die Kette vor, als wir bei ihr klingeln. Aber immerhin schaut sie sich das ganze Spektakel durch den Türschlitz hindurch an. Erst als wir fertig sind und Jago fragt: »Na, hat es Ihnen gefallen?«, macht sie die Tür schnell wieder zu.

Beim Abschied nimmt Jago mich in den Arm. »Du hast geschnaubt und mit den Zehen gewackelt, vorhin, als wir auf dem Bett lagen«, flüstert er mir ins Ohr. »Da habe ich gewusst, dass wir es schaffen.«

Ich werde ein bisschen rot. Hat er es doch bemerkt. Außerdem hat er **wir** gesagt.

»Ich bin mir da nicht so sicher«, sage ich und zwinkere ihm zu. Dann gehe ich zur Bahn.

06

AM MORGEN des Castings bin ich sicher, mir eine Magen-Darm-Grippe eingefangen zu haben. Jedenfalls hat alles, was ich je zu mir genommen habe, meinen Körper innerhalb von wenigen Sekunden verlassen. Mit zittriger Hand wähle ich Jagos Nummer.

»Jago? Ich muss absagen. Ich bin krank.«

Er antwortet nicht.

»Hörst du mich?«

Statt etwas zu sagen, gähnt er nur. »Du hast gewonnen«, stöhnt er schließlich. »Ich komme mit dir.«

»Du scheinst nicht zu verstehen, was ich meine. Ich kann da nicht hingehen. Ich bin todkrank.«

»Okay, ich hole dich ab. Bin um halb drei bei dir.«

Dann legt er einfach wieder auf.

Soll er doch kommen, denke ich. Erst dann fällt mir ein, dass Jago noch nie bei mir war und dass er mein Zuhause vielleicht abstoßend finden könnte. Verglichen mit seinem cleanen Hotelzimmer ist Moms und meine Wohnung eher ein Nest aus altem Gerümpel.

Als er um halb drei klingelt, liege ich immer noch im Bett. Meine Mutter macht auf. »Ich habe schon alles versucht«, höre ich sie aufgeregt sagen. »Ich fürchte, es ist zwecklos.«

Ich spüre kurz in meinen Magen-Darm-Trakt hinein. Es fühlt sich an, als hätte mich jemand von innen mit Schmirgelpapier bearbeitet und dann unter Strom gesetzt. Zwei Sekunden später klopft es an meine Tür, und Jago steht in meinem Zimmer. Und zwar nicht der Strauch-Jago, sondern der mit dem Luxus-Waschmittelduft und der Luxus-Familie. Ich stelle mir vor, wie mein Zimmer in seinen Augen aussehen muss, und mir wird auf der Stelle noch schlechter.

»Ich kann nicht«, stöhne ich und hoffe, dass er sich wieder umdreht und geht. Weil ich einfach zu kraftlos bin, um große Erklärungen abzugeben.

Doch Jago kommt auf mich zu und legt sich einfach neben mich. So wie bei unserer allerersten Probe.

»Hey, **Decke-über-den-Kopf-ziehen** ist eigentlich meine Rolle. Das gilt nicht!«, sagt er und grinst. »Und darum weiß ich auch genau, dass du sehr wohl kannst. Ich konnte schließlich auch mit dir proben, obwohl ich mich tausendmal lieber verkrümelt hätte.«

Ich schüttele den Kopf. »Was weißt du denn schon von mir?«, antworte ich.

»Glaub ja nicht, du wärst was Besonderes! Das ist der stinknormale **Verkriech-Reflex**. Mehr nicht. Etwas unangenehm, aber sofort verschwunden, wenn du in dem Castingbüro aufkreuzt.«

»Regel Nummer vier«, stöhne ich. »Erwähne nie mehr dieses schlimme Wort mit C und den unzähligen anderen hässlichen Buchstaben!«

Jago nimmt meine Hand. »Mir ist auch total komisch«, gesteht er. »Hey, ist doch egal. Du hast mich aus meinem Bett und meinem Liebeskummer geholt, dann hole ich dich aus deinem Bett und deinem Lampenfieber.«

Jago lässt nicht locker, und zehn Minuten später sitze ich neben ihm im Taxi, das meine Mutter uns bestellt hat, obwohl sie genau weiß, dass ich es nicht bezahlen kann. Mit einem nach Waschmittel duftenden Kavalier alter Schule an der Seite ist das allerdings gar kein Problem.

Auf dem Weg zum Aufzug habe ich das Gefühl, meine Beine knicken jeden Moment weg, und vor der Tür des Castingbüros nehme ich wirklich Jagos Hand. »Könntest du bitte alles für mich regeln? Ich stehe total neben mir«, flüstere ich.

Jago hilft mir tatsächlich, den Anmeldebogen auszufüllen. Dann sollen wir uns in einen Warteraum setzen, in dem noch drei andere Beatrices auf ihren Auftritt warten. Wie niederschmetternd ist das denn? Ich bin auch noch die letzte Beatrice, und nachdem alle anderen schon reingebeten worden sind, beknie ich Jago ein letztes Mal, die Sache abzubrechen. Er schüttelt nur mit dem Kopf, und ich habe keine Kraft, alleine wegzurennen.

»Welche Programme meintest du eigentlich neulich, die angeblich in meinem Kopf noch sperrangelweit offen stehen?«, frage ich Jago.

Er zuckt mit den Schultern.

»Sag nicht, du hast nur so einen schlauen Spruch rausgehauen, um mich zu beeindrucken. Und jetzt fällt dir kein Beispiel dazu ein.«

»Quatsch«, schnauft er und grinst. »Ich könnte jetzt tausend Beispiele raushauen. Aber das bringt's nicht. Du wärst nur wieder bockig.«

Angeblich muss er nachdenken, wie er mir die Sache so erklären kann, ohne dass ich in meine **alten Muster** zurückfalle.

»Und du meinst, mich hier so checkermäßig vorzuführen, aber irgendwelche geheimen Informationen über mich zurückzuhalten, das käme besser an?«, frage ich.

»Siehst du, jetzt gehst du sogar schon ab, ohne dass ich dir ein Beispiel genannt habe.«

Jago kann einem echt das Wort im Mund rumdrehen. Aber immerhin werde ich bei unserem kleinen Streit wieder wach. Und als wir reingerufen werden, kann ich sogar einigermaßen laufen und sprechen.

Ron Hellinger ist viel kleiner und unscheinbarer, als ich dachte. **Von Charisma keine Spur.** Er ist ein mickriger Typ mit ausgelatschten Turnschuhen, die ihn wohl jünger wirken lassen sollen. Mein Bild von ihm fällt innerhalb einer Sekunde in sich zusammen wie ein Hochhaus, das bei einer Sprengung in Staub zerfällt. Er will **Ron** genannt werden und trägt eine randlose Brille, deren Gläser so dick sind, dass man Angst hat, die dünnen Drahtbügel könnten unter ihrer Last einknicken.

Ist doch egal, wie der aussieht, denke ich. Hauptsache, er macht diese unglaublichen Filme. Aber meine Angst vor ihm ist ebenfalls eingestürzt.

Ich sehe gleich, was Ron von mir will. Nämlich all das, was er nicht hat: In erster Linie jung sein, lebendig sein und alles ausleben, was einem in den Sinn kommt. Ich könnte schwören, dass er anderen gerne zuschaut, wenn sie ihr Innerstes vor ihm abfackeln. Und er bleibt schön eingemauert hinter seinen Glasbausteinen und schaut sich das Geschehen an wie ein Insektenforscher.

»Ich habe meinen Freund Jago mitgebracht«, sage ich. »Wir haben zusammen geprobt, und ich würde gerne mit ihm vorspielen.«

Ron nickt, und dann fängt Jago einfach an. Er geht wie bei unserer allerersten Probe mitten rein in die Szene. Jago ist so gut, dass mir echt schwindelig wird. Und er schafft es, mich komplett mitzureißen. Ich kann nicht anders, als mich in den Zauberfuzzi auf der Stelle zu verlieben, obwohl ich es nicht will. Es zerreißt mich fast, dass ich überheblich sein will und mich gleichzeitig völlig ausgeliefert fühle. Ich glaube, ich schaffe es, beides gleichzeitig zu spielen. Oder besser gesagt, zu sein.

Als wir mit der Szene durch sind, halte ich die Luft an. Das fiese Gefühl im Magen ist weg, und ich fühle mich seltsam leicht, als würde ich jeden Moment abheben. Egal, was jetzt passiert, ich habe alles gegeben, und das ist ein gutes Gefühl.

Ich spüre die Blicke von Ron Hellinger, die durch die

beiden Brenngläser vor seinen Augen fast ein Loch in meinen Pullover kokeln. Auch er scheint nicht mehr zu atmen. Vielleicht ist er ja vor Enttäuschung so sprachlos? Vielleicht hatte er sich unter einem weiterentwickelten Querkopf etwas komplett anderes vorgestellt?

Dann steht er plötzlich auf und kommt auf mich zu. Er streckt mir seine Hand entgegen. Sie fühlt sich groß, warm und trocken an. »Willkommen an Bord«, sagt er. »Das war genau das, was ich mir gewünscht habe. Oder sagen wir das, was ich mir nicht zu wünschen gewagt hätte.«

Ich weiß nicht, wann jemand zum letzten Mal so einen Satz zu mir gesagt hat. Genau genommen, weiß ich nicht mal, ob überhaupt jemals jemand so nette Worte für mich gefunden hat. Hilfe suchend schaue ich mich nach Jago um. Er zwinkert mir zu, und sein kleines verschmitztes Grinsen ist fast genauso schön wie die Worte von Ron Hellinger, der sich jetzt auch noch an Jago wendet.

»Ach ja, und ich hatte das Gefühl, dass dieser junge Mann hier einen extrem guten Einfluss auf die Sache hatte. Darum würde ich mich freuen, wenn wir ihn gleich mit engagieren könnten. Die Produktion sieht ohnehin vor, dass jeder Jungschauspieler einen bezahlten Betreuer an die Seite gestellt bekommt.«

Ron Hellinger bietet Jago tatsächlich eine Tagesgage von zweihundert Euro. Selbst wenn ein Drehtag nur wenige Stunden hat.

Jago steht wie vom Donner gerührt da. Wahrscheinlich sorgt er sich gerade mal wieder um seine heilige **Decke-über-den-Kopf-zieh-Zeit**. Aber er sagt tapfer zu, und da er schon siebzehn ist, braucht er nicht mal seine Eltern zu fragen, sondern kann seinen Vertrag ganz alleine unterschreiben.

Ron erklärt, dass normalerweise sogar noch ein Privatlehrer engagiert werden muss, wenn die Dreharbeiten zu den Schulzeiten oder gar in einer anderen Stadt laufen. Doch da in diesem Fall der Dreh in Köln stattfinden wird und meine Szenen auf den Nachmittag gelegt werden, könnte das Geld viel sinnvoller in einen Coach investiert werden.

Als Jago und ich uns verabschieden und die Tür hinter uns zuziehen, tun wir so, als wäre alles ganz normal. Wir waren einfach nur zusammen bei einem Casting, und es ist gut gelaufen. **That's it.** Erst als wir das Gebäude verlassen haben, fallen wir uns in die Arme.

»DU BIST DER GRÖSSTE!«, schreie ich. »ICH FIND DICH SUPER. DU BIST VOLL GENIAL!«

»Hey, das warst du alles selber!«, ruft Jago. »Ich hab dich nur hierhin geschleppt. Ich bin nur der Fahrer!«

»Bist du nicht. **Du bist mein besseres Ich.** Du kannst Sachen aus mir rausholen, die es vorher gar nicht gab!«

Es macht riesigen Spaß, uns gegenseitig mit den tollsten Komplimenten zu überschütten, und wir können gar nicht mehr damit aufhören. Auch als Mom anruft, bin ich immer noch in dem **Wir-sind-die-Größten-Modus**, und meine Mutter stimmt auch gleich mit ein. Sie lädt uns beide sogar schick zum Essen ein. Keine Ahnung, wo sie die Kohle herhat oder womit sie den Restaurantbesitzer bestochen hat, noch einmal anschreiben zu dürfen. Ich hoffe nur, sie geht nicht davon aus, dass Kavalier Jago die Rechnung bezahlen wird.

07

VIER STUNDEN SPÄTER sitzen wir in der Bar Schmitz. Und weitere dreißig Minuten später sagt Mom uns mit dunklen Rotweinrändern auf den Lippen eine blühende Zukunft voraus. Fehlt nur noch, dass sie von Heiraten und Kinderkriegen anfängt. Jago amüsiert sich prächtig und scheint seinen Liebeskummer kurzzeitig komplett vergessen zu haben. Das ändert sich jedoch schlagartig, als die Restauranttür aufgeht und eine fünfköpfige Familie in den Laden hereinstolziert. Wie vom Blitz getroffen rutscht er mitten im Satz unter den Tisch mit der bodenlangen Tischdecke, von wo aus er wie Häschen in der Grube mit seinen großen Angstaugen zu uns hochstarrt.

»Was ist das jetzt wieder für eine Rolle?«, kreischt meine Mutter, die unter Einfluss von Alkohol immer davon ausgeht, dass das ganze Leben ein einziges, komisches Theaterstück ist, bei denen Liebhaber im Schrank oder eben unter dem Tisch versteckt werden.

»Da ist sie«, flüstert Jago. »Mit ihrer ganzen Familie.

Ich hätte es mir denken können. Heute ist der Geburtstag ihrer Mutter.«

»Du meinst doch nicht etwa …«

»Pssst!«, zischt Jago. »Denk an Regel Nummer drei!«

»Wen meint er denn nun?«, will Mom wissen, die das Ganze jetzt anscheinend für eine Quizshow hält.

Ich schaue mir die Familie an. Eigentlich kommt nur eine infrage, die Sweety sein könnte. Eine **Blondine Typ Uschi Steilzahn**, die auf spinnenbeindünnen Absätzen und mit runtergezogenen Mundwinkeln hinter ihren Eltern und ihren jüngeren Geschwistern herstöckelt. Sie sieht extrem gelangweilt aus, obwohl sie sich der Aufmachung nach zu urteilen bestimmt eine Stunde im Bad auf diesen Abend vorbereitet hat.

»Sie ist ein Avatar«, flüstere ich Jago zu. »An der ist echt nichts Menschliches zu entdecken.«

»Dürfte ich jetzt endlich mal wissen, um wen es geht?«, fragt Mom so laut, dass Jago sein Gesicht schmerzverzerrt wegdreht.

Ich erkläre meiner Mutter, wie wichtig es ist, dass sie ausnahmsweise mal die Klappe hält und sich nicht einmischt, und behaupte sogar, dass das Gelingen des Films davon abhängt.

Mom legt einen Finger auf ihre dunklen Lippen. »Ich kann schweigen wie ein Grab«, behauptet sie, ohne ihren Redefluss auch nur für einen Moment zu unterbrechen. Als sie endlich aufhört, erklärt Jago ihr aus seinem Versteck heraus seinen ganzen Liebeskummer. Ich kann nicht glauben, dass er trotz unseres tollen Castings und trotz dieser fast noch tolleren Proben immer noch todunglücklich wegen dieser Spinnenschuhtante ist.

»Ich habe sogar eine kleine Rede vorbereitet, für den Fall, dass ich sie mal ohne Toller treffe«, erzählt er.

»Okay, lass hören«, meint Mom.

Jago setzt sich so gerade hin wie möglich und schließt den obersten Knopf seines Hemdes, was in seiner kleinen Höhle ziemlich absurd aussieht.

»Also. Toni, ich weiß, dass ich nicht so ein totaler Schönling bin. Und ich bin auch kein wirklich cooler Typ. Ich bin auch nicht der stärkste Mann der Welt …«

»Diese Rede sollten wir noch ein bisschen überarbeiten«, unterbricht ihn Mom.

»Moment, die Pointe kommt ja noch«, erklärt Jago so aufgeregt, als stünde Sweety bereits vor ihm.

»Also, ich bin zwar nicht der stärkste Mann der Welt, aber für dich, genau für dich wäre ich **der beste Mann der Welt** gewesen. Weil …«

»Na, jetzt bin ich mal gespannt«, schnauft Mom.

»Weil ich hinter all den Lagen Make-up, Puder und Lippenstift, hinter all deinem Getue und Gezicke immer die wahre Toni gesehen habe. Ich weiß, wer du wirklich bist, auch wenn du es selbst kaum weißt, und ich habe mich in diese Toni verliebt. Die wahre. Die nackte.«

Bei **nackte** wirft Mom einen abschätzigen Blick zu Sweety rüber und zieht die Augenbrauen hoch. »Alles klar«, sagt sie.

»Aber du findest ja Toller toller!«, erklärt Jago weiter. »Einen Jäger und Sammler, für den du nichts weiter als eine Trophäe bist, mit der er vor seinen Freunden angeben kann. Glaub mir, ich weiß Bescheid. Ich bin einer dieser Freunde. Obwohl ich in dieser Angelegenheit wünschte, ich wäre es nicht.«

Dieser Teil der Rede scheint Mom zu gefallen. Sie nickt und hält ihr Sektglas hoch. »Ja, so Typen sind die Pest. Aber dass die immer noch nachwachsen?!«

Mom krempelt die Ärmel ihrer Bluse hoch. »Okay«, sagt sie. »Den ersten Teil der Rede kannst du kürzen auf … sagen wir: **Ich bin nicht der stärkste Mann der Welt.** Ich meine, wer ist das schon. Und der eine, der es ist, sieht, glaube ich, gar nicht so phantastisch aus. Den ganzen Rest würde ich so lassen. Soll ich sie jetzt herholen?«

»Nein«, kreischt Jago. »Bitte nicht! Ich werde diese Rede niemals halten!«

Mom schüttelt den Kopf. »Also wirklich kein cooler Typ«, murmelt sie. »Wie wäre es mit Plan B: Ich verschwinde mal dahinten an die Bar, und du lässt dich von Lucky anflirten, was das Zeug hält. Sollte diese, diese Toni – was ist das überhaupt für ein Name –, also sollte sie es nicht bemerken, dann helfe ich ein bisschen nach.«

Jago schüttelt den Kopf, aber Mom hat keine Zeit für Diskussionen. »Am Ende sieht Toni dich einfach nur zitternd unter diesem Tisch hocken. Das ist auch keine Lösung.«

Sie reicht ihm wortlos ihren Puderpinsel samt

Schminkspiegel gegen die hektischen roten Flecken im Gesicht und macht ihm Zeichen, dass er die obersten drei Knöpfe seines Hemdes wieder aufmachen soll. Jago lässt sich widerwillig auf einen Knopf ein. Dann kommt er aus der Versenkung zurück an den Tisch, und meine Mutter verzieht sich.

»Sorry«, sage ich zu Jago, nachdem er sich mir gegenüber hingesetzt hat und aussieht wie ein frisch gepuderter Psychopath. Von seiner Souveränität als Schauspieler ist nicht das Geringste übrig geblieben.

»Deine Rede war echt was Besonderes. Wenn mir jemand so was sagen würde … wow!«

»Ist das jetzt Teil des gespielten Flirtprogramms?«, will Jago wissen.

»Nein, keine Angst, wir müssen nicht flirten.«

Ich glaube, in seinem Zustand nimmt uns sowieso niemand einen entspannten kleinen Flirt ab. Aber Jago findet den Plan meiner Mutter seltsamerweise super. Er scheint wirklich unter Schock zu stehen. Und dann flirtet er so hölzern los, dass mir fast die Luft wegbleibt. **Er nimmt sogar meine Hand und möchte, dass wir abwechselnd aus Moms Sektglas trinken.**

Ich werfe einen Blick zu Toni rüber, die uns tatsächlich bemerkt hat und mit offenem Mund zu uns rüberschaut.

»Guckt sie?«, fragt Jago und starrt mich mit seinen Angstaugen an.

Ich mache das Sektglas noch mal voll. »Hier, trink das ganz aus und lehn dich entspannt zurück.«

Jago gehorcht, auch wenn ihm das mit der Entspannung nicht ganz gelingt. Denn kaum dass er sich zurückgelehnt hat, steht Sweety auch schon bei uns am Tisch.

»Jago, hast du im Lotto gewonnen? Seit wann gehst du denn in so ein **Premium-Restaurant**?«, fragt sie, ohne mich eines Blickes zu würdigen.

Jago hört auf der Stelle auf zu atmen und knöpft panisch den obersten Knopf wieder zu.

»Oh, Toni, was für eine Überraschung«, sagt er. »Darf ich dir Lucky vorstellen?«

»Aaah, Lucky«, sagt Toni, und schenkt mir ein Lächeln, das mehr wie ein Zähnefletschen aussieht. Ich kann nicht glauben, dass diese Billigversion von Caroline aus *2 Broke Girls* das Mädchen sein soll, in das sich Jago verliebt hat, nachdem er durch die Make-up-Spachtelmasse hindurch bis auf den Grund ihrer Seele geschaut hat.

Sie schlägt vor, dass Jago kurz mit an ihren Tisch kommt, um ihrer Mutter zum Geburtstag zu gratulieren, aber Jago lehnt tapfer mit einem Kopfschütteln ab. Zu allem Überfluss kommt auch noch Mom zurück, die viel zu neugierig ist, um brav an ihrer Theke sitzen zu bleiben.

»Na, Kinder, habt ihr alles geklärt? **Hat Jago seine tolle Rede gehalten?**«, fragt sie. Denn streckt sie Toni ihre Hand hin und sagt selbstverliebt ihren Namen, so als wäre sie der eigentliche Star in dieser Szene.

»Welche Rede?«, will Toni natürlich wissen.

Jago schüttelt wieder den Kopf.

»Dein Freund hat wohl nicht ganz verstanden, wieso du diesen … diesen Trophäensammler da toller findest als ihn.«

»Nein, diese Rede hat er nicht gehalten«, sagt Toni scharf in Jagos Richtung. Leider fühlt sich Mom dadurch ermuntert, die Rede selber, in ihren eigenen Worten, noch mal wiederzugeben.

»Ich meine, Jago ist jetzt nicht irgend so ein Durchschnittsdödel, sondern ein Feingeist. Ein Mensch, der tief in die Sachen reinblickt. Und in die Menschen auch. Der Typ kann lieben. Und du dumme Nuss fällst auf so einen Macho-Idioten rein, dem du gar nichts bedeutest!«

»MOM!«, fahre ich dazwischen. Jago hat die Worte meiner Mutter starr vor Schreck mit angehört und dabei ängstlich jede Regung in Tonis Gesicht verfolgt. Obwohl es da echt nicht so viel zu verfolgen gab. Sweety hat sich unter ihrer Spachtelmasse super im Griff, wenn's drauf ankommt.

Als Mom endlich aufgehört hat, atmet Toni einmal tief ein und aus. Dann wendet sie sich wieder an Jago. »Schön, dass du diesen fremden Menschen hier alles über uns erzählt hast«, sagt sie verächtlich. »Ich hoffe, du hast auch erwähnt, wie zwanghaft eifersüchtig du bist. Oder dass gar nichts zwischen mir und Toller läuft. Dass alles nur in deinem kranken Kopf stattfindet. Ich meine, du sitzt hier mit einem anderen Mädchen bei einem teuren Dinner und wirfst mir vor … **Voll egomanisch.**«

Toni dreht sich auf dem Spinnenbein-Absatz um und stöckelt zurück zu ihrer Familie, die das Spektakel aus der Ferne mit angesehen hat und uns mit missbilligendem Kopfschütteln zu strafen versucht. Besonders als sich Jago nach Tonis Abgang ein weiteres Glas Sekt aus Moms Flasche einschenkt und in einem Zug austrinkt. Danach ist er endlich so locker, wie er es besser schon am Anfang des Abends gewesen wäre.

»Hab ich irgendwas falsch gemacht?«, fragt Mom scheinheilig.

Jago schüttelt den Kopf. »Ich glaube, nicht. Also so im Großen und Ganzen war alles richtig. Vielleicht ein paar Feinheiten am Rande …«

Aus den Augenwinkeln beobachte ich Toni, bei der unsere kleine Szene etwas zeitverzögert doch noch zu wirken scheint. Jedenfalls hat sie die Gesichtszüge nicht mehr so gut im Griff. Es sieht sogar so aus, als würde sie weinen, und unter ihrem rechten Auge ist ein bisschen verschmierte Wimperntusche zu sehen. Die Frage ist nur: Weint sie aus Wut oder weil sie doch noch verliebt ist? Oder beides?

08

AUF DEM RÜCKWEG ist Jago immer noch ganz locker. Seine großen Gefühle für Sweety scheinen in den Hintergrund gerückt zu sein. Und seine fette Depression auch.

»Hey, vielleicht passt sie ja gar nicht zu mir?«, erklärt er. »Okay, sie hat schon noch so ein bisschen Anziehungskraft auf mich. Aber guckt euch doch diese spießige Familie an. Wenn sie mal wie ihre verknöcherte Mutter wird, **na, dann gute Nacht**! Da passe ich doch viel besser zu euch.«

Mom strahlt. Dass jemand lieber zu uns Losern gehören möchte als zu einer intakten Kleinfamilie aus der Vorstadt mit Doppelhaushälfte und Doppelgarage und so, gefällt ihr außerordentlich gut. Mir gibt allerdings der Satz **Wenn sie mal wird wie ihre Mutter** zu denken. Denn ich möchte auf gar keinen Fall werden wie **meine Mutter**. Auch in dreißig Jahren nicht. Und wenn ich ganz ehrlich bin, möchte ich in dreißig Jahren lieber einen Zweitwagen in einer Doppelgarage haben und mit meinen pubertierenden Spießerkindern in einem teuren Restaurant Geburtstag feiern, als kein Geld für Katzenfutter zu besitzen.

Kavalier Jago sagt dem Taxifahrer, dass er zuerst Mom und mich zu Hause rauslassen soll. Womit er wohl auch die Rechnung übernimmt. Die Restaurantrechnung konnte Mom übrigens bezahlen. Ich hoffe nur, sie ist nicht schon nachmittags bei Ron Hellinger aufgelaufen und hat ihm einen Vorschuss aus den Rippen geleiert.

Ich bleibe noch einen Moment im Taxi sitzen, als Mom schon ausgestiegen und ins Haus gegangen ist.

»Tut mir leid, dass meine Mutter so eine Welle gemacht hat«, sage ich.

Jago schüttelt den Kopf. »Alles bestens!« Er wirkt echt betrunken. Hoffentlich sieht er das morgen nicht wieder ganz anders.

»Jetzt aber husch, husch wieder unter die **Liebeskummer-Decke**«, sage ich zum Abschied. »Du hattest schon viel zu lange Freigang!«

»Keine Sorge. Ich hab morgen die ersten beiden Stunden frei. Da kann ich das locker wieder aufholen.«

Er beugt sich vor und gibt mir zum Abschied einen kleinen Kuss. Er dauert nur eine Millisekunde. Aber dafür landet er direkt auf meinem Mund.

Jago grinst. »Sorry, sollte nur ein **Gutenachtkuss** sein«, sagt er.

Man könnte meinen, dass er wirklich eine multiple

Persönlichkeit ist. Ich meine, so viel Panik und so viel Mut an nur einem einzigen Abend.

Ich weiß auch nicht, wieso ich nicht einfach aussteige. Vielleicht, weil ich mich nicht wieder an die Wand spielen lassen möchte. Vielleicht aber auch, weil ich kein Mädchen bin, das man einfach so küsst und fertig. Oder weil alles viel zu schnell ging, sodass ich gar nicht richtig spüren konnte, wie sich seine Lippen anfühlten. Jedenfalls beuge ich mich ebenfalls vor und küsse Jago zurück. Und zwar lang genug, um jedes Kussdetail in meiner Erinnerung speichern zu können. »Das war auch nur ein **Gutenachtkuss**«, sage ich schnell und steige aus.

»Ist klar. Du musst immer das letzte Wort haben. Und immer alles dreimal mehr!«, ruft Jago mir nach.

Ich winke, ohne mich noch mal umzudrehen. Dann höre ich, wie die Taxitür zufällt und der Wagen davonfährt.

Als ich in die Wohnung komme, ist Mom in ihrer **The-man-I-love-Stimmung**. Jedenfalls hat sie den gleichnamigen Song aufgelegt und singt mit gespitzten Lippen und einem Weinglas in der Hand mit.

Am liebsten würde ich mich sofort in mein Zimmer verkriechen.

»Someday he'll come along, the man I love. And he'll be big and strong, the man I love …«

Wie kann man mit siebenundvierzig Jahren immer noch glauben, dass bald der große, starke Mann vorbeikommt und alles gut wird? Meine Mutter macht jedenfalls ein Gesicht, als würde sie genau das denken. Und zwar mit voller Inbrunst. Zu allem Überfluss zieht sie auch noch ihre Schuhe aus und kommt auf mich zugetänzelt. Sie nimmt meine Hand und fasst mich an der Hüfte, als wäre ich ihr Tanzpartner. Oder schlimmer noch: ihre Vertraute in Sachen Männersuche. Ich winde mich aus der Nummer raus und gehe in die Küche, um mir noch ein Glas Wasser einzugießen. Mom trippelt singend hinterher. »**Maybe I shall meet him Sunday, maybe Monday, maybe not.**«

»Mom, ich muss ins Bett!«

Meine Mutter hört endlich auf zu singen. Dafür will sie mit mir über den Abend reden, was mindestens genauso nervtötend ist. »Dieser Jago hat mich an deinen Vater erinnert«, kichert sie.

Auch das noch. Mom zieht echt alle Register! Dass sie ausgerechnet jetzt von meinem Vater anfängt, ist gemein! Denn wenn ich sie nach ihm frage, wimmelt sie mich immer ab und will an diese traurige Geschichte nicht erinnert werden.

»Der war doch auch so unglaublich schlau«, erklärt sie mit einem Gesichtsausdruck, als müsse ich ihr für diese geheime Info dankbar sein. »Zu schlau für diese Welt und gleichzeitig zu dumm, um seine Intelligenz einsetzen zu können. Verstehst du. Er war eigentlich genau das Gegenteil von uns beiden.«

Schon wieder legt Mom ihre Hände auf meine Hüften und versucht, mich ein bisschen hin und her zu wiegen.

»Wir beide, wir können doch aus dem Nichts eine große Nummer machen, stimmt's!?«

»Mom! Hör auf!«, sage ich und reiße mich aus ihrer Umklammerung.

»Ach, diese Pubertät«, stöhnt sie, während Diana Ross im Hintergrund die Hoffnung nicht aufgibt: **Still I'm sure to meet him one day, maybe Tuesday will be my good news day.**

»Warum ist es denn mit meinem Vater und dir auseinandergegangen, wenn du doch aus dem Nichts eine große Sache machen kannst?«

Die Frage ist zugegeben etwas feindselig. Dabei würde ich wirklich gerne wissen, warum …

Mama ist Gott sei Dank zu beschwipst, um mir meine Stichelei übel zu nehmen.

»Ich weiß auch nicht, ich hab's nicht hinbekommen. Er war zu kompliziert. Dabei war er eigentlich eine gute Seele.«

Ich kann ehrlich gesagt nichts Gutartiges oder Seelenvolles an meinem Vater finden, weil er sich in meinem ganzen Leben nicht ein einziges Mal bei mir gemeldet hat. Nicht mal eine Karte zum Geburtstag. Nichts.

»Und warum verleugnet er mich dann, wenn er so eine gute Seele ist?«

Das ist der Satz, mit dem ich Moms gute Laune dann doch zu Fall bringe. Sie schleicht sich auf ihren Strümpfen an den Tisch, gießt sich noch ein weiteres Glas Weißwein ein und starrt vor sich hin.

»Mom, du hast angefangen. Jetzt erzähl auch weiter.«

Sie schüttelt den Kopf. Dann stöhnt sie und sieht mich unvermittelt an. Ihre hellblauen Augen sehen traurig aus. Sie haben nichts mehr von diesen Husky-Augen, die so glasklar und erhaben wirken können.

»Ich erzähle es dir zu deinem achtzehnten Geburtstag, okay? Oder sagen wir lieber, nach deinem achtzehnten Geburtstag.«

»Was? Was erzählst du mir dann?«

Mom zuckt zusammen. Ich bin mir gar nicht sicher, ob ich wirklich hören will, was sie mir erst mit achtzehn sagen möchte. Aber es gibt jetzt auch kein Zurück mehr. Ich kann unmöglich noch Jahre auf die Auflösung warten, die mein Leben vielleicht in einem ganz neuen Licht erscheinen lässt. Wer weiß.

»Jetzt sag schon. Du glaubst doch nicht, dass ich jetzt auch nur einen Tag noch warten kann.«

Mom nickt. Sie starrt wieder auf die Tischplatte.

Ich bitte, drohe und fluche noch ein paarmal, und dann rückt sie endlich mit der Sprache raus.

»Glaub mir, ich habe mir die Entscheidung nicht leicht gemacht. Denk also erst nach, bevor du mich verurteilst«, sagt sie.

»Verurteilst? Wofür denn? Jetzt sag doch endlich!«

Meine Beine werden ganz weich, und ich setze mich zu ihr an den Tisch, auch wenn ihre Anwesenheit im Moment alles andere als angenehm ist.

»Ich habe deinem Vater gar nicht gesagt, dass ich

schwanger war. Wir hatten uns schon vorher getrennt, und ich wollte nicht …«

»Du hast WAS?«

Mom nickt.

»Er weiß gar nicht, dass es mich gibt?«

Mom nickt immer noch. Sie hört gar nicht mehr damit auf, so, als wolle sie noch viel mehr zugeben. Wer weiß, was sie noch alles auf Lager hat, wenn ich nur genauer nachfrage. Aber ich bin eigentlich schon mit diesem einen Geständnis hier total überfordert.

»DAS IST EINE KRASSE LÜGE! Du hast ihn angelogen. Und mich auch! Und zwar in einer echt extrem wichtigen Angelegenheit!«

Mom fängt an zu weinen. »Glaub mir, ich habe am allermeisten drunter gelitten!«, schnieft sie. »Aber was sollte ich denn machen? Ich wollte zurück nach Deutschland, mir ein neues Leben aufbauen. Ich wäre eingegangen in Paris. Aber dein Vater hätte mich bestimmt nicht einfach ziehen lassen.«

Ich versuche, mich zu beruhigen, und lege die Stirn auf die Tischplatte. Mein Kopf ist vollkommen in Aufruhr. Durch die Berührung mit dem Holz merke ich erst, wie hitzig ich bin.

Ich stelle mir meinen Vater vor, der gemütlich irgend so ein Leben vor sich hin lebt, ohne zu wissen, dass er tausend Kilometer entfernt noch eine Tochter hat, die gerade einen Nervenzusammenbruch erleidet. Wer weiß, vielleicht kennt er ja sogar *Lakritz und Killefitz*. Immerhin ist der Film auch in Frankreich gelaufen. Womöglich hat mein Vater noch andere Kinder und ist mit denen damals ins Kino gegangen. Ohne auch nur die geringste Ahnung zu haben, dass ein Familienmitglied auf der Leinwand zu sehen ist.

»Ich wusste, dass es ein Fehler ist, es dir zu früh zu sagen«, durchbricht Mom meinen Gedankenstrom.

»Es war ein Fehler, es **nicht** zu sagen, Mom. Du verdrehst da etwas.«

»Ein Fehler«, wiederholt Mom. Dann steht sie auf und legt mir von hinten die Hände auf die Schultern.

»Es tut mir leid, aber ich habe es nicht besser hingekriegt«, sagt sie mit todtrauriger Stimme.

Jetzt habe ich bei all meiner Wut auch noch ein schlechtes Gewissen, dass ich sie so angefahren habe. Ich stehe auf und streiche ihr unsanft über das Haar, das sich ganz seidig anfühlt.

»Nacht, Mom, schlaf gut«, sage ich streng und verschwinde in meinem Zimmer.

09

ALS ICH AM NÄCHSTEN TAG bei Jago klingele, muss ich nicht lange warten, bis er mir aufdrückt. Hinter mir kommt gerade die alte Dame aus dem Hochsicherheitstrakt angeschlichen. Ein Wunder, dass sie sich aus dem Haus getraut hat. Sie stützt sich auf einen Rollator, in dessen Korb ein abgeliebter Schoßhund sitzt und mich aus geröteten Augen ansieht. Um Madame zu beschämen, bin ich extra nett zu ihr. Erst verschaffe ich ihr freie Bahn, indem ich einen kleinen Holzkeil unter die Haustür klemme, und dann helfe ich ihr die Stufe am Eingang hoch. Sie murmelt etwas von wegen »barrierefreies Wohnen ist wohl auch ein Fremdwort für die Herren Vermieter«. Und ich nuschele etwas von wegen **»barrierefreies Denken wäre aber auch eine schöne Sache«**. Dann hole ich ihr den Lift und nehme selbst die Treppe.

Jagos Tür steht wie beim ersten Mal einen Spalt offen. Wahrscheinlich erwartet er wieder seine Mutter. Egal.

»Bin gleich bei dir«, ruft er aus dem Bad.

Ich ziehe die Tür hinter mir zu und setze mich auf den kleinen Sessel. Kaum dass ich sitze, klingelt es schon wieder.

Und dann macht jemand mit dem Schlüssel die Tür auf. Ich höre ein paar Absätze auf dem Boden, die ziemlich steil klingen. Uschi Steilzahn, schießt es mir durch den Kopf. **Sweety is back.** Jago hat **ihr** die Tür aufgemacht. Obwohl sie sogar noch einen Schlüssel hat. Und wenn sie mich hier auf dem Sessel sieht, wird Jago mir das wahrscheinlich nie verzeihen.

Eins ist klar: In dieser winzigen Wohnung hat man keine Sekunde Zeit, über das, was man tut, nachzudenken. Intuitiv werfe ich mich auf den Boden und rutsche unter Jagos Bett, gerade noch rechtzeitig, bevor die Tür aufgeht und Sweetys High Heels zum Greifen nahe neben meinem Kopf zum Stehen kommen. Sie zieht die Dinger aus – wirklich scheußliche Stilettos mit Silberbeschlägen – und lässt sich auf die Matratze plumpsen, dass mir fast die Luft wegbleibt.

»Hi, Toni«, sagt Jago, als er reinkommt. Seine Stimme klingt nicht grade verheißungsvoll. Tonis dafür umso mehr.

»Hallo, Jago«, haucht sie. Leider sehe ich ja nur die Füße und nicht die Gesichter zu der Szene. Genauer gesagt, nur noch Jagos Füße, die mit verkrampften Zehen in ein paar grauen Sportsocken stecken.

»Ich wollte, dass du mir meinen Schlüssel wiedergibst«, sagt er.

Der Satz soll wahrscheinlich ganz neutral klingen. Tut er aber nicht.

Toni kichert. »Wieso denn? Du bist ja voll aufgeregt! Willst du ihn vielleicht dieser blöden Lucky geben? Du glaubst doch nicht im Ernst, dass sie an dir interessiert ist?«

Jago schnauft. »Gib ihn mir einfach.«

»Heißt das, du willst echt Schluss machen?«

»Schluss machen? Du hast dich in meinen Freund verknallt. Ist das nicht schon Schluss genug?«

Sweety hört auf zu kichern »Jetzt hör doch mal auf mit **diesem doofen Toller**. Ich kann den Typ nicht mal besonders leiden«, sagt sie ernst.

»Ach ja, und warum hast du auf meinem Geburtstag mit ihm geknutscht?«

»Hab ich doch gar nicht! Du verdrehst einfach alles. Es war ein Missverständnis. Ein Unfall. Das hab ich dir doch alles erklärt.«

Jagos Zehen haben sich inzwischen tief in den Teppichboden gebohrt.

Plötzlich stehen Tonis nackte Füße direkt daneben. Hat sie sich etwa ausgezogen? Ihre Zehen sind anthrazitfarben lackiert, und sie hat von den Schuhen Druckstellen an den Fersen.

»Kannst du jetzt bitte, bitte wieder normal werden?«, flüstert sie. Und dann zieht sie Jago mit sich aufs Bett. Die beiden landen mit so einer Wucht auf mir, dass ich automatisch aufschreie. Zwei Sekunden später hängen zwei Gesichter kopfüber vom Bett und starren mich an. »LUCKY?«, kreischen beide wie aus einem Munde.

»Ich kann alles erklären. Aber könntet ihr vorher von meinem Brustkorb runtergehen?«

Die beiden springen auf, und ich krieche unter dem Bett hervor. Als ich mich aufgerappelt habe, starren sie mich kreidebleich an, und es sieht so aus, als würden sie sich mindestens so ertappt fühlen wie ich mich. Gott sei Dank hat Sweety sich nur die Strümpfe und nicht den ganzen Rest ausgezogen.

»Ich weiß auch nicht, warum ich unter das Bett gekrochen bin«, stammele ich. »Ich dachte, du hättest mir aufgemacht. Und als ich dann im Zimmer stand, kam plötzlich Sweety, äh, ich meine Toni. Und ich wollte euch nicht stören, ich meine, ich wollte nicht für noch mehr Komplikationen sorgen …«

»Na, das ist dir ja gelungen«, unterbricht mich Jago, während Sweety sich an seinen Arm klammert und beginnt, eindringlich auf ihn einzuflüstern: »Woher kennt diese Person meinen Spitznamen? Und könntest du ihr vielleicht sagen, dass sie augenblicklich verschwinden soll? Die hat sie doch nicht mehr alle. Schleicht sich hier rein und belauscht uns unter dem Bett, während wir … während wir gerade wieder zusammenkommen. Wie pervers muss man sein, um so was zu machen.«

An dieser Stelle bewahrheitet sich mein allererster Eindruck, den ich von Jago hatte: Er bekommt nichts Großes zustande. Im Moment bekommt er auch nichts Kleines zustande. Genau genommen kriegt er gar nichts auf die Reihe, sondern ist komplett handlungsunfähig.

»Macht das unter euch aus«, stammelt er. »Ich habe keinen von euch eingeladen.«

Wir sehen ihn beide fassungslos an. Toni hält sich immer noch an seinem Arm fest und beginnt jetzt, daran herumzuzerren. »Jago-Bär, das ist nicht dein Ernst? Wir waren gerade kurz davor, wieder zusammenzukommen.«

»Waren wir das?«

Ich denke daran, was Jago mir beim Proben erklärt hat: **Um zu bekommen, was du willst, musst du erst mal das loslassen, was du nicht willst. Sonst ist einfach kein Platz da.** Er scheint weder zu wissen, was er will, noch, was er nicht will. Aber ich weiß, was ich nicht will: Mir das Elend länger ansehen.

»Es tut mir leid, ich hätte nicht kommen sollen«, sage ich und verschwinde.

Draußen schlägt mit schwüle und stickige Luft entgegen. Ich setze mich in das Café auf der gegenüberliegenden Straßenseite und starre auf Jagos Haustür in der Hoffnung, dass auch Toni gleich rausmarschiert kommt. Obwohl mir das ja eigentlich egal sein könnte. Trotzdem bin ich irgendwie erleichtert, als sie nur wenige Minuten später ebenfalls auf dem Bürgersteig steht. Und zwar alleine. Sie wischt sich mit ihrem Ärmel einmal durchs Gesicht, was dafür spricht, dass sie wieder geweint hat. Dann schaut sie ein paarmal nach links und nach rechts und entscheidet sich unerwartet für geradeaus. Das heißt, sie steuert genau auf das kleine Café zu, in dem ich soeben meine Cola bestellt habe. Und wieder fällt mir nichts anderes ein, als mich zu verstecken. Wie ein Hase auf der Flucht laufe ich die Treppe hinunter und schließe mich in der Toilette ein.

Dabei ist Wegrennen eigentlich gar nicht meine Art. Und schon gar nicht in so einen stinkenden Hinterhalt, von dem man nicht die geringste Übersicht hat, wann die Luft wieder rein ist. Genau genommen ist in dieser **schweinchenrosa Uralt-Toilette** die Luft niemals rein. Wenn ich sicher sein möchte, Toni nicht doch noch zu begegnen, muss ich hier mindestens eine Stunde abhängen und diese Klostein-schwere Luft einatmen.

Gerade als ich mich aufraffen und mich meinem Schicksal stellen will, höre ich jemanden hineinkommen, der sich in der Toilette neben mir einschließt und schnieft. Ich brauche gar nicht durch die Öffnung unterhalb der Trennwand zu schauen, um zu wissen, dass es Toni ist. Automatisch ziehe ich meine Beine zu mir heran, damit sie mich auf keinen Fall entdecken kann. Dabei wäre das die Gelegenheit, unerkannt zu entwischen. Doch Toni fängt an zu telefonieren, und ich kann einfach nicht anders, als sie zu belauschen.

»Ann, gut, dass du da bist«, schnieft sie. »Stell dir vor, ich war eben bei Jago. Und rate mal, wen er unter seinem Bett versteckt hatte … Genau, diese **Schauspieler-Schnepfe**, mit der er gestern so schick essen war.«

Okay, sie ist eifersüchtig. Und gekränkt, versuche ich

mich zu beruhigen. Obwohl es unter der Haut schon wieder anfängt zu kribbeln.

»Nein, ich hab die gegoogelt«, erklärt Toni weiter. »Die hatte vor tausend Jahren mal 'ne Rolle. Da war sie noch ein Kind. Danach ist nichts Gutes mehr gelaufen, nichts, nada. Die ist so was von abgemeldet. Und besonders gut aussehen tut sie auch nicht. Ich meine, die ist nicht hässlich, macht aber so auf Arm und auf **Ist-mir-doch-egal**. Du weißt schon. So als hätte sie es nicht nötig, sich was Ordentliches anzuziehen, weil sie ja was Besseres ist und Künstlerin und so. Aber sie ist eigentlich gar niemand. Lucky Dupont. Ich meine, die kennt doch kein Mensch.«

Das Brennen ist nun doch komplett ausgebrochen, und ich bin kurz davor, Sweetys Tür einzutreten, ihr Handy im Klo zu versenken und ihren blöden plappernden Mund gleich mit. Zu allem Überfluss ist in der Zwischenzeit auch noch die dritte Kabine besetzt worden, sodass irgendjemand dieses ganze Geplapper mit anhören muss. Und dann funkt die Mithörerin mitten im Pinkeln auch noch dazwischen.

»Lucky Dupont. Künstlername oder was? Da will wohl jemand auf international machen!«

Ich schließe die Augen und versuche, mich auf die Luft zu konzentrieren, die beim Ein- und Ausatmen an der Nasenwand entlangstreift. Ein alter Beruhigungstrick. Es wirkt ein bisschen, obwohl ich das Gefühl habe, dass sich gerade Klostein-Mikropartikel in meinen Schleimhäuten festsetzen und ich nun für immer diesen Toilettengeruch mit mir rumtragen werde.

Gott sei Dank wechselt Toni das Thema und fängt an, über Jago zu reden. Dabei wird sie auch gleich wieder weinerlich.

»**Ob ich Jago noch liebe? Ach, was weiß denn ich.** Der ist voll kompliziert. Und immer dreht er alles so, wie es ihm passt. Und beschwert sich dann auch noch, dass er das arme Opfer ist. Also angeblich liebt er mich, aber ich bin schuld, dass alles kaputtgegangen ist. Versöhnen will er sich auch nicht. Das ist doch krank!«

»**Männer!**«, hört man die Frau aus der dritten Kabine stöhnen. Toni macht eine kleine Pause. Als die andere Mithörerin abgerauscht ist, kommt sie noch auf Toller zu sprechen. Sie erklärt, dass Jago ihr diesen Toller-Kuss vorhält, zu dem er sie doch selber genötigt hat. Angeblich hätte Jago auf seinem eigenen Geburtstag behauptet, er kenne keine Eifersucht. Und sie könne Toller gerne küssen, das würde ihm gar nichts ausmachen.

»Am Ende war ich so sauer, dass ich Toller wirklich geküsst habe«, erklärt Toni. »Nur aus Trotz, verstehst du? Und nur einmal kurz, mit Blick auf Jago, weil ich sehen wollte, ob er wirklich so eiskalt ist.«

Was für eine schräge Geschichte!

Ich würde sagen, Jago und ich sollten uns auf eine rein geschäftliche Beziehung beschränken. Oder meinetwegen auch auf ein Coach-Klient-Verhältnis. Für alles andere ist er einfach zu irre.

10

DIE VORBEREITUNGEN für die Dreharbeiten laufen perfekt. Ich bekomme Reitunterricht, weil es einen romantischen Ausritt mit dem Zauberfuzzi im Film gibt, und ich werde ständig zum Essen eingeladen, weil Beatrice in der Vorstellung von Ron Hellinger ein bisschen **kurviger** ist als ich. Mir soll's recht sein, denn ich darf mir zweimal am Tag im Restaurant bestellen, was ich will, und zu meiner Unterhaltung sogar noch Jago mitnehmen, der dadurch mal etwas von seinem Strauch-Style verliert. Oft kann ich gar nicht alles aufessen und nehme noch ein bisschen Huhn oder Fisch für Königin Amidala mit.

Alle sind extrem freundlich, und sobald ich auch nur ein winziges bisschen schlecht drauf bin oder rumzicke, bügelt Jago alles für mich aus. Meistens tut er so, als hätte ich meine pampigen Kommentare ironisch gemeint. So als würde ich die Giftspritze nur spielen. Er lacht sich dann immer extralaut schlapp und macht so Kommentare wie »Voll lustig, dieser **Zornröschen-Slang**!« oder

»Hi, hi, **Miss-Gunst** is in the house. Die hast du echt gut drauf«.

Am Anfang hat das genervt, aber ich habe mich dran gewöhnt, weil mir auf die Art niemand meine Zickigkeit übel nimmt und ich nach Herzenslust austeilen kann.

Jedenfalls gibt es so viel vorzubereiten, dass ich gar nicht dazukomme, alle Mails von der Produktion zu lesen. Infos darüber, welche Castings noch gelaufen sind und wer welche Rolle bekommen hat.

Jago und ich sind ein ziemlich gutes Team, und wir sind viel weniger Psycho, als ich befürchtet hatte. Jago denkt sich immer neue Tricks aus, damit sich die Beatrice-Textpassagen in mein Langzeitgedächtnis einbrennen. Wir haben die ganzen Dialoge aufgenommen, und beim Einschlafen höre ich sie dann noch mal über den Kopfhörer. Jago behauptet, die Worte würden tiefer einsickern, wenn sie nicht mehr von meinem Bewusstsein abgewehrt werden können, sondern direkt im Unterbewusstsein landen. Mir soll's recht sein.

Am Sonntag vor dem ersten Drehtag macht Toller eine kleine Party. Angeblich soll es eine Versöhnungsparty sein, die er für Jago gibt. Es kommen allerdings nur Tollers übergewichtige Schwestern. Was genau an der Party besonders versöhnlich ist, bleibt unklar. Und ob das Treffen den Namen Party verdient hat, ist ebenfalls fragwürdig.

Jago möchte jedenfalls unbedingt, dass ich mitkomme.

»Und was ist mit **Sweety**?«, frage ich.

»Für dich immer noch Toni«, antwortet er. »Die wird natürlich nicht da sein, wenn es um eine Versöhnung zwischen mir und Toller geht.«

»Ist er denn noch mit ihr …«

Jagos Blick lässt mir das Wort im Kehlkopf gefrieren.

»Schon gut, schon gut. Ich weiß schon, Regel Nummer drei. Es machte nur gerade den Eindruck, als seist du schon ein winziges bisschen über sie hinweg und wir könnten die Regel …«

»Mir geht es einfach am besten, wenn ich nicht an sie erinnert werde«, unterbricht er mich.

Toller hat eine Einliegerwohnung im Haus seiner Eltern. Seine älteren Schwestern studieren in München und Erfurt und sind am Wochenende zu Besuch gekommen.

»Ich kann nicht glauben, wen du da mitgebracht hast«, kreischt er, als er Jago und mir die Tür öffnet. Damit ist das Versöhnungsthema wohl endgültig in den Hintergrund gerückt.

Nach dem überschwänglichen Empfang stellt Toller mir seine beiden Schwestern Goldi und Blondi vor. Sie winken uns mit Messer und Kartoffelstampfer bewaffnet zu. Man hat das Gefühl, dass sie seine Küche in eine Art Kraftwerk verwandelt haben. Es dampft, zischt und sprudelt aus allen Töpfen und Geräten gleichzeitig.

»Die beiden sind auf Diät«, erklärt Toller. »Es gibt also nur etwas ganz Leichtes.«

Bis das Essen fertig ist, zeigt Toller uns seine kleine Wohnung. Überall stehen Pokale herum. Und an den Wänden hängen Orden, Urkunden und Bilder, auf denen er weitere Pokale, Orden oder Urkunden in die Kamera hält.

»Du bist ja tatsächlich ein Trophäensammler«, sage ich und grinse. Jago verzieht das Gesicht, aber Toller ist so mit der Aufzählung seiner sportlichen Erfolge beschäftigt, dass er die Doppeldeutigkeit gar nicht mitbekommt.

Beim Essen übernehmen dann die Toller-Sisters das Wort. Sie haben zwar nur ganz leichte Kost zubereitet, dafür aber in rauen Mengen. Und ich bekomme extraviel auf den Teller geschaufelt, weil ich in Goldis und Blondis Augen total untergewichtig bin. Die beiden sind echt ein bisschen übergriffig, und auch der checkermäßige Toller hat in der Gegenwart seiner wuchtigen Schwestern nicht viel zu melden.

Nach dem Essen soll ich mich zwischen die beiden aufs Sofa setzen, während die Jungs die Aufräumarbeiten übernehmen.

»Also, Schnucki, jetzt aber mal raus mit der Sprache!«, sagt Blondi und nickt mir aufmunternd zu. »Bist du etwa die neue Freundin von Jago?«

»Oh, nein, keine Angst, wir sind nur Geschäftsfreunde. Falls also eine von euch an ihm interessiert ist …«

»**Geschäftsfreunde**?«, wiederholt Goldi und fängt an zu kichern, bis ihr kleines Doppelkinn bebt. »Welches Geschäft betreibt unser Jagoherzchen denn?«

»Na ja, er hilft mir, für eine Rolle in einem Film zu üben.«

»Und mehr ist nicht zwischen euch?«, will Blondi wissen.

Ich schüttele den Kopf, aber die beiden sehen mich skeptisch an.

»Ausgeschlossen«, erklärt Goldi. »Das kann nicht sein. Der Typ ist bis über beide Ohren in dich verknallt. Ich kenne den jetzt schon, seit er auf der Welt ist. Und so vertraut und entspannt war der noch nie mit einem Mädchen. Der ist ja geradezu aufgeblüht. Und ein bisschen Speck angesetzt hat er auch noch.«

Ich fühle mich von den beiden ganz schön in die Mangel genommen. »Nein, ihr irrt euch. Er ist in diese **Sweety** verknallt!« »Sweety? Meinst du etwa Toni Berlinger?«

Die beiden werfen sich einen langen, vielsagenden Blick zu. Wahrscheinlich kommt die magere Sweety mit ihren Spinnenabsätzen in der Liebesvorstellung von Big Blondi und Big Goldi gar nicht vor.

Um nicht noch länger von ihnen ins Kreuzverhör genommen zu werden, behaupte ich, zur Toilette zu müssen. Auf dem Weg dorthin schnappe ich auch ein paar Fetzen Küchen-Talk von Jago und Toller auf. Die beiden scheinen genau dasselbe Thema zu besprechen. Und sie sind davon so in den Bann gezogen, dass sie mich gar nicht bemerken.

»Hey, das ist deine Chance. Vermassel sie nicht«, erklärt Toller gerade und flutet das Geschirr im Spülbecken.

»Lass das mal meine Sorge sein. Und mach nicht gleich wieder so einen Stress«, findet Jago. »Es kommt, wie es kommen soll.«

»Kommt es eben nicht. Es kommt so, wie du es einfädelst. Denk nicht, dass das Schicksal für dich die Kohlen aus dem Feuer holt. Du willst sie? Dann nimm sie dir!«

»Jetzt hör auf mit deinen Kalendersprüchen«, stöhnt Jago.

Sieht so aus, als würde er Sweety jetzt doch wiederhaben wollen. Obwohl er ja neulich in seinem Appartement nicht wirklich entschlossen rüberkam. Na ja, kann mir eigentlich egal sein. Hauptsache, er bleibt ein guter Coach.

Irgendwie ist es mir aber doch nicht egal. Aus unerfindlichen Gründen empfinde ich es als schreiende Ungerechtigkeit, dass Mädchen wie Sweety Jungs wie Jago abbekommen. Ohne dass ich sagen könnte, was genau daran ungerecht ist.

Als wir später wieder alle zusammen am Tisch sitzen und pokern, geht mir **Jagos dämlicher Sweety-Rückfall** nicht mehr aus dem Kopf. Vor lauter Ärger lasse ich mich doch tatsächlich von Toller ein kleines bisschen anflirten. Jedenfalls versucht er immer, zu meinen Gunsten zu schummeln oder mir Karten zuzustecken, die ich gut gebrauchen kann. Und ich bedanke mich mit dem ein oder anderen Lächeln oder ein paar wohlwollenden Bemerkungen.

Als er merkt, dass bei mir heute ein bisschen mehr geht als sonst, legt Toller einen ganz miesen Imponier-Trick an den Tag: Er versucht, sich selbst noch besser dastehen zu lassen, indem er sich über Jago lustig macht. Bei jeder passenden und unpassenden Gelegenheit nennt er ihn **Pokerhontas** und lacht sich schlapp, als **Pokerhontas** beim Mischen die Karten runterfallen. »Mischen impossibel, oder was?«

Ich weiß, Tollers Imponiergehabe ist eigentlich nicht meine Schuld. Aber ich tue auch nichts, um ihn zu stoppen.

Nachdem Jago zweimal hintereinander gewonnen hat, revanchiert sich Toller mit dem Ausplaudern einer Kindergeschichte.

»Wisst ihr noch, dass Jago früher eine unsichtbare Freundin hatte?«, fragt er in Blondis und Goldis Richtung. Aber ich weiß, dass die Geschichte eigentlich mir gilt.

»Lass gut sein«, versucht Goldi ihn zu stoppen.

»Die hieß Ebeil«, kichert er. »Und Jago war voll beleidigt, wenn sie beim Mensch-ärger-dich-nicht nicht mitspielen sollte. Aber wenn Ebeil doch mal mitspielen durfte, hat Jago sie nie rausgeschmissen und immer gewinnen lassen. Ganz der Gentleman, unsere **Pokerhontas**. Ebeil bekam natürlich auch immer die roten Figuren, logisch.«

»Was ist los mit dir, wird das der **Erzähl-mir-deine-peinlichste-Geschichte-Abend**?«, stöhnt Jago.

»Sorry, sorry, du hast recht, das ist ja eigentlich dein Abend«, entschuldigt sich Toller. Doch dann erzählt er trotzdem weiter, dass Jago tatsächlich glaubte, seine imaginäre Freundin eines Tages heiraten zu können. Er lacht und legt seine leuchtend weiße, schnurgerade Zahnreihe frei, der man die Klammer und das Bleaching geradezu ansieht.

»Ich meine, wenn man schon einen unsichtbaren Freund hat, dann doch **Superman** oder **Robin Hood** oder so. Aber bei Jago war's ein Mädchen. Und er hat tatsächlich geglaubt, niemand würde auf die Bedeutung ihres Namens kommen. Oder besser noch, alle würden sie wegen des Namens für einen Jungen halten.«

»Was ist denn die Bedeutung von Ebeil?«, frage ich.

Jago boxt Toller auf den Oberarm. Und bestimmt gilt auch dieser Seitenhieb ein bisschen mir. Dass ich Toller bei seinem gemeinen Verrat auch noch unterstütze, ist eigentlich obergemein.

»Dreh das Wort doch mal um«, grinst er.

In dem Moment geht Goldi dazwischen. »Toller, kriegst du eigentlich noch mit, was du so von dir gibst? Ich meine, wenn du ab und zu mal reinhören würdest, müsste dir eigentlich selber schlecht werden.«

Auch Blondi versucht ihrem Bruder einen Dämpfer zu verpassen. Sie steht auf und wuschelt ihm blitzschnell von hinten durch die perfekt gegelte Frisur, sodass seine Haare nach allen Seiten abstehen und er aussieht wie ein zerzaustes Langhaar-Meerschweinchen. Dann holt sie ein paar handgeschnittene Diät-Chips und stellt sie auf den Tisch.

»GEHT'S NOCH?!«, kreischt Toller und verschwindet im Bad.

»Lucky, hör einfach nicht hin, unser Bruder ist schrecklich!«, erklärt Blondi, als er weg ist. Jago sagt gar nichts mehr. Und nachdem wir die letzte Pokerrunde schweigend zu Ende gebracht haben, will er gehen. Toller, Blondi und Goldi bringen uns noch zur Tür.

»Mensch, Alter, es ist noch voll früh. Du willst doch nicht etwa wegen dieser Ebeil-Geschichte jetzt abhauen?«, sagt Toller zum Abschied und klopft Jago auf den Rücken. Dann nimmt er mich in den Arm und versucht, beim Küsschen links und rechts einen Ausrutscher-Kuss auf meinem Mund zu landen. Ich kann im letzten Moment noch den Kopf zur Seite ziehen, und seine Lippen treffen nur meine Nasenspitze. Okay, der Typ geht echt zu weit, und ich hätte mich auf sein blödes Geflirte nicht einlassen dürfen!

Obwohl Jago offensichtlich genervt ist und es in Strömen regnet, will er mich trotzdem noch bis nach Hause bringen. Ich verkneife mir den Scherz, dass er immer noch ein echter Gentleman ist – wie damals beim Mensch-ärger-dich-nicht-Spielen.

Schon an der nächsten Haltestelle sind wir tropfnass. Die Straßenbahn kommt erst in zehn Minuten, und wir setzen uns in den gläsernen Unterstand.

»Ihr habt euch ja blendend verstanden, du und Toller«, knurrt Jago. Ein paar nasse Haarsträhnen kleben in seinem Gesicht, und er sieht traurig aus. Am liebsten würde ich ihn darauf hinweisen, dass er kein Recht hat, eifersüchtig zu sein. Weil seine Gefühle schließlich der spinnenbeinigen Sweety gehören. Stattdessen frage ich ihn noch mal nach dieser imaginären Freundin und sage, dass es mir leidtut, wie der Abend verlaufen ist. Aber Jago nimmt Toller plötzlich in Schutz.

»Weißt du, er muss immer eine Riesenshow machen. Er ist Alphatierchen, Platzhirsch und Machomonster in einem. Aber wenn's drauf ankommt, ist er der beste Freund von allen.«

Ich ziehe ungläubig die Augenbrauen hoch.

»Ich kann ihm schon deswegen nie richtig böse sein, weil er mir mal das Leben gerettet hat. Er hat, ohne eine Sekunde zu überlegen, sein eigenes Leben aufs Spiel gesetzt, um mir zu helfen.«

»Das glaube ich nicht!«

Jago nickt und wischt sich die nassen Strähnen aus der Stirn. Dann erzählt er, dass Ebeil beim Spielen am Fluss eines Tages ausgerutscht und ins Wasser gefallen ist. Und er ist natürlich hinterhergesprungen, um sie wieder rauszufischen. Eigentlich war das Wasser gar nicht so tief, aber die Strömung war viel stärker als gedacht. Sie hat ihm die Beine weggerissen, und Jago konnte noch gar nicht schwimmen.

»Ich dachte echt, das war's, und hab Unmengen von Wasser geschluckt«, erklärt Jago und sieht in seinen nassen Klamotten so aus, als wäre er gerade der Flut entkommen. Toller, der auch nicht viel mehr als ein Seepferdchen zu bieten hatte, war dabei. Und als er sah, wie es seinen Freund weggespült hat, ist er ebenfalls hinterhergesprungen. Toller hat es tatsächlich mit letzter Kraft geschafft, Jago rauszuziehen. Und als die beiden nach zehn Minuten Überlebenskampf heulend wieder am Ufer saßen, haben sie sich ewige Freundschaft geschworen.

»Und was ist aus Ebeil geworden?«, frage ich.

»Sie ist abgetrieben. Ich habe sie nie wiedergesehen«, erklärt Jago ernst. Für einen Moment bin ich mir nicht sicher, ob er sie immer noch für eine echte Freundin hält.

Als wir bei mir zu Hause angekommen sind, nehmen Jago und ich uns zum Abschied in den Arm. Das ist nicht gerade kuschelig, weil wir uns dabei die kalten, nassen Klamotten an die Haut drücken. Aber ich habe das Gefühl, dass der Abend auf seine Art doch noch ein gutes Ende gefunden hat.

11

ABGESEHEN VON DIESEM PARTYZWISCHENFALL ist Jagos und mein Teamgeist inzwischen unerschütterlich. Außerdem haben wir gar keine Zeit für Probleme. Denn in der letzten Woche war weder für Jagos Liebeskummer noch für mein wackliges Selbstwertgefühl Platz.

Das alles ändert sich allerdings am Tag vor dem ersten Drehtag, als wir zum ersten Mal den Rest der Besetzung und die ganze Crew kennenlernen sollen. Ich bekomme auf der Stelle wieder diesen **angeblich stinknormalen Verkriechreflex,** kombiniert mit dem altbekannten Brennen unter der Haut und einer ganz frisch aufkeimenden Übelkeit.

»Lass uns abbrechen«, schlage ich Jago vor, der auch nicht gerade die Ruhe selbst ist. »Seien wir ehrlich, ich packe das sowieso nicht.«

Ich sitze ihm frisch geschminkt und frisiert in meiner kleinen Garderobe gegenüber. Eigentlich ist es ganz gemütlich hier. Es gibt sogar eine Couch und einen Sessel.

Außerdem einen Schminktisch und eine Kleiderstange mit all den Klamotten, die eine verführerische Französin in Ron Hellingers Augen so tragen sollte. Auch zur ersten Begegnung sollten wir schon im Look unserer Figuren erscheinen. Damit jeder sofort versteht, mit wem er es in diesem Film zu tun bekommt. Beatrice trägt eine durchscheinende beige Bluse mit einem schwarzen Sport-BH darunter, der trotz seines rustikalen Schnitts meine neuen **Rundungen** erahnen lässt. Als Kontrast dazu sollte ich eine lose sitzende Jeans im Boyfriend-Cut und ein paar Boots tragen. Ich bin viel zu aufgeregt, um einschätzen zu können, ob das alles zusammen ganz okay oder megapeinlich aussieht. Jago meint, **es hätte irgendwie was**, und macht eine Atemübung nach der anderen. Er sitzt im Schneidersitz auf der Couch und hält sich abwechselnd das linke und das rechte Nasenloch zu, damit die Luft noch langsamer in ihn hineinfließt. Das soll angeblich ausgleichend wirken.

Durch unsere vielen gemeinsamen Restaurantbesuche ist er einem **Baum zum Anlehnen** zwar optisch ein kleines bisschen ähnlicher geworden, doch mental muss man ihn wohl immer noch den Sträuchern zuordnen. Ich höre es durch die tiefen Atemzüge hindurch beinahe rascheln.

»Quatsch«, sagt er streng. »Mach lieber auch noch eine Atemübung.«

Und dann kommt schon über den Lautsprecher die Durchsage, dass wir uns alle im Catering-Saal einfinden sollen. Ich bestehe darauf, noch fünf Minuten zu warten, um nicht als Erste auf der Party zu erscheinen. Als wir schließlich bei den anderen ankommen, stehen bestimmt zwanzig Leute mit Sektgläsern herum, und man weiß gar nicht, wer zum Cast gehört und wer hinter der Kamera arbeitet. Trotz des Gewimmels fällt mein Blick auf eine Person. Ich erkenne ihn sofort. Ich weiß auch nicht, warum, denn er ist ja nicht besonders groß und hat auch keine tolle Ausstrahlung. Im Gegenteil, er ist unscheinbar und in eine Dunstwolke aus schlechtem Karma gehüllt. Obwohl er heute eine schwarze Jeans trägt und schwarze polierte Schuhe, handelt es sich eindeutig um Jo, die Guru-Hose, die da steht und ihr Vertrauenslehrerlächeln in die Runde absondert. Ich nehme Jago am Arm. »Siehst du auch, was ich sehe?«

Jago nickt. »Vielleicht hat er ja ein anderes Opfer gefunden, das er hier trainieren kann«, meint er.

Ich weiß auch nicht, warum solche Dinge mich auf der Stelle komplett aus der Bahn werfen. Ich bleibe stehen und halte Jago am Arm fest. »Komm, lass uns echt abhauen.«

In dem Moment hat Ron Hellinger uns entdeckt. Er winkt und kommt ganz aufgeregt mit dem Glas in der Hand auf uns zu.

»Lucky, Jago, da seid ihr ja. Für euch gibt's Cola, einverstanden? Und dann muss ich euch unbedingt ein paar Leute vorstellen!«

Ron scheint zu merken, dass etwas mit mir nicht stimmt. Er legt seine Stirn in Falten.

»Sorry, aber was macht dieser Hippie-Schauspiellehrer denn hier?«, frage ich.

Ron grinst, und Jago kneift mich von hinten in meinen neu gewonnenen Hüftspeck.

»Sei nicht so streng!«, meint Ron und schiebt die Brenngläser vor seinen Augen hin und her, sodass man die tiefen Furchen auf seinem Nasenrücken erkennt. »Ich wollte einfach etwas gegen den Strich besetzen. Ich meine, du bist ja auch nicht unbedingt **der Inbegriff einer schüchternen kleinen Französin**.«

Jago lacht, als wäre das eine echt witzige Idee mit dieser Anti-Besetzung. Vielleicht hätte ich doch mal die vielen Mails lesen sollen, die von der Filmproduktion in den letzten Tagen kamen.

Ron erklärt, dass sie wirklich sehr sorgfältig für die Rolle des Zauberers gecastet haben. Aber es gab niemanden, der so hemmungslos verliebt rübergekommen wäre. Fast schon animalisch. Mir wird schlecht. Da scheinen die vielen Tierübungen doch zu etwas gut gewesen zu sein.

»Aber der Typ ist viel zu alt für mich. Ich würde mich nie in so einen alten Knacker verlieben!«

Ron verzieht das Gesicht. Er selbst ist natürlich noch mal wesentlich älter als die Guru-Hose.

»Jo, ist doch super«, funkt Jago schnell dazwischen. »Ihr seid ja schon ein eingespieltes Team.«

Er kneift mich zum zweiten Mal und schiebt mich in Richtung Guru-Hose, die schon winkt und uns mit den

Worten »Hätte nicht gedacht, dass ihr zwei es bis hierhin schafft« begrüßt. »Aber wie ihr seht, war ich in der Zwischenzeit auch nicht unerfolgreich!«

Jo streckt mir die Hand entgegen. Und als ich nicht gleich zugreife, schnappt er sich meine und schüttelt sie ordentlich durch. »Auf gute Zusammenarbeit. Ich hoffe, unser kleiner Streit ist vergessen!«

Dann begrüßt er Jago, der natürlich brav mitschüttelt und nickt und ebenfalls findet, dass das hier doch ein **witziges Wiedersehen** ist und wir **alle unguten Gefühle begraben** können. Gut, dass sich alle so einig sind!

Als wir wieder draußen sind, falle ich auf der Stelle über Jago her. Wie eine Hyäne, die man drei Wochen ohne Nahrung im Käfig gehalten hat.

»Du glaubst doch nicht etwa, dass ich mit der animalischen Guru-Hose auch nur einen einzigen Drehtag durchstehe«, kreische ich, während sich Jago einfach in Richtung Bushaltestelle in Bewegung setzt. Er stöhnt und schließt kurz die Augen beim Gehen.

»Sieh es doch einfach mal als Herausforderung«, nuschelt er. »Lass dich ein Mal auf was ein, was nicht hundertprozentig optimal ist.«

Ich versuche, Jago daran zu erinnern, was für ein Ober-Schwachkopf dieser Jo ist, aber es hilft nichts. Er latscht einfach nur neben mir her und starrt auf den Boden. Als ich vor Wut eine kleine Pause mache, fragt er »Fertig?«. Und zwar in einem dermaßen gelangweilten Ton, dass ich ihm am liebsten an die Kehle gehen würde.

Ich schubse ihn ein Stückchen von mir weg. »Hör endlich auf, den Verständnisvollen zu spielen. Du hast für jede Sache im Leben Verständnis. Nur für mich hast du keins. Alles wird irgendwie okay gefunden, nur ich nicht.«

Jago zieht die Augenbrauen hoch, als hätte ich einen schlechten Witz gemacht. »Hallo?«, sagt er.

Dann hält er mir einen Vortrag darüber, dass man im Leben kompromissbereit sein muss. Und dass ich das aus unerfindlichen Gründen nicht gelernt habe.

»Vielleicht hast du dir Ron Hellinger ja irgendwie cooler vorgestellt. Und vielleicht ist Jo auch kein optimaler Partner für dich. Aber was ist besser? Damit klarkommen oder hinschmeißen?«

»Weder noch!«, unterbreche ich seinen Therapeutensingsang. »Ich werde Ron sagen: Entweder er oder ich. Entweder Jo geht, oder ich mache nicht mehr mit.«

Jago schüttelt nur den Kopf. »Das wirst du nicht«, zischt er. Angeblich ist so ein Verhalten total unprofessionell. Und angeblich bin ich gar nicht in der Position, um Forderungen zu stellen. Jago meint, dieser Film sei meine letzte Chance, überhaupt noch mal ins Filmbusiness einzusteigen. Und ich könnte froh sein, dass Ron so ein alter Knacker ist. Denn in unserer Generation wäre ich inzwischen komplett unbekannt.

»Danke«, fahre ich ihn an. »Vielen Dank! Komisch, dass dein Freund Toller mich so super fand, ganz ohne je von mir gehört zu haben.«

Treffer, denke ich. Aber Jago gibt sich nicht geschlagen.

»Toller findet jedes Mädchen super, da brauchst du dir nichts drauf einzubilden!«

Ich erinnere Jago daran, dass er mich noch vor wenigen Tagen selber für einen Star gehalten hat. Aber auch das tut er mit einem **Ich-wollte-nur-nett-sein** ab.

Inzwischen sind wir an der Bushaltestelle angekommen. Als der Bus schwankend und zischend seinen Bauch öffnet, kommt es mir vor, als würden wir in den Bauch eines Gruselroboters eintreten. Schweigend setzen wir uns nebeneinander und lassen uns durch die Stadt schaukeln. Von der superweich gefederten Kurverei wird mir noch schlechter, als mir ohnehin schon war. Kurz bevor ich aussteigen muss, will Jago mir noch das Versprechen abnehmen, dass ich es wenigstens mit Jo versuche. »Vielleicht merkt Ron ja selber, dass der ein peinlicher Spacken ist, und besetzt noch mal um. Es sei denn, er wollte einen peinlichen Spacken für die Rolle. Dann haben wir natürlich ein Problem.«

Ich verspreche gar nichts mehr, weil ich viel zu angefressen bin, um überhaupt noch etwas sagen zu können.

Zu Hause geht das elende Gefühl auch nicht weg. Ich versuche es mit Jagos **Decke-über-den-Kopf-Strategie** und nehme Königin Amidala mit. Vielleicht ist heulen ja wirklich die Lösung. Eigentlich ist mir auch nach Heulen zumute. Ich könnte meine ganze Übelkeit wegheulen, aber es kommt leider nichts. Ich starre in die grünen Katzenaugen der Königin, die wie immer majestätisch und undurchschaubar die Form wahrt und dabei aussieht wie eine Märchengestalt. Mit runtergezogenen Mundwinkeln wirkt sie niedlich, traurig und streng zugleich. So eine Mischung muss man erst mal hinkriegen.

Als ich dann wieder an meinen Vater denken muss, der nichts von meiner Existenz weiß und sein Leben seit fünfzehn Jahren so lebt, als gäbe es mich gar nicht, kommen mir doch noch die Tränen.

Ich hole den Laptop zu mir und der Königin unter die Decke, so als könnte ich meinen Vater im Internet finden. Doch Mom hat mir noch nicht einmal seinen Namen verraten.

12

MEINE LAUNE dümpelt immer noch unten am Grund meiner kaputten Seele herum, als am nächsten Morgen die Ergebnisse der letzten Mathearbeit verkündet werden. Frau Adam hat uns eine Stillarbeit aufgegeben und bittet währenddessen jeden Einzelnen zur Audienz nach vorne.

»Lucky, ich weiß, dass du viele Schulwechsel hinter dir hast«, sagt sie und lässt ihre Augenlider traurig hängen, wahrscheinlich, um ihr **Gutmenschen-Image** auch bei der Überbringung schlechter Nachrichten nicht zu verlieren. Sie legt sogar ihre Hand auf meine, und ich habe keine Kraft, mich dagegen zu wehren.

»Deine Arbeit war leider eine Sechs. Bei aller Liebe. Und wie wir beide wissen, kann ich sie auch nicht als Ausrutscher werten.«

Ich nicke. Warum sie wohl **bei aller Liebe** gesagt hat?

»Wenn du wenigstens im Mündlichen irgendetwas dagegensetzen könntest«, schnauft Frau Adam.

»Wenn Sie mir eine Sechs im Zeugnis geben wollen, dann geben Sie mir doch einfach eine«, antworte ich und ziehe die Hand unter ihrer hervor. Ich lege sie sogar auf Frau Adams Hand wieder ab, so wie beim Hände-Stapel-Spiel.

Die hängenden Augenlider straffen sich augenblicklich, und auch der wehleidige Ton in ihrer Stimme verschwindet. Sie zerrt ihre Hand unter meiner hervor und hält sich damit an meiner ungenügenden Arbeit fest.

»Du hast das falsch verstanden. Ich **will** dir keine Sechs geben, ich **muss** dir eine Sechs geben. Auch wenn ich weiß, dass deine Versetzung in die Oberstufe damit unmöglich ist. Und wiederholt hast du die Klasse ja leider auch schon.«

Die letzten zwei Sätze hat Frau Adam vor lauter Aufregung so laut gesprochen, dass die ganze Klasse mithören konnte. Ein Raunen geht durch die Reihen. Und von Li ist ein entsetztes **Oh nein** zu hören.

Frau Adam blickt sich verstört um und redet dann wieder leiser weiter.

»Außerdem habe ich gehört, dass du eine Rolle in einem Film angenommen hast«, flüstert sie. »Ich meine, selbst wenn du dich noch mal auf die Hinterbeine stellen wolltest, hättest du wohl gar keine Zeit mehr dazu.«

Auf die Hinterbeine stellen? Was haben die Leute nur für seltsame Ausdrücke. Das ist ja schlimmer als die Guru-Hose mit der Greenhorn-Beschimpfung.

»Nein, ich hatte nicht vor, mich auf die Hinterbeine zu stellen. Ehrlich gesagt bin ich auch gar kein Vierfüßler.

Bei aller Liebe«, äffe ich Frau Adam nach. Dann gehe ich zurück zu meinem Platz, räume meine Sachen zusammen und verlasse den Klassenraum. Wenn ich schon schulisch scheitern muss, dann wenigstens nicht kleinlaut. Und wenn ich nicht in die Oberstufe komme, dann kann ich auch gleich verschwinden. Was soll ich hier meine Zeit vergeuden.

Ich gehe über den hässlich gesprenkelten Steinboden des Schulflurs bis zum Haupteingang, durch den mir die Mittagssonne entgegenscheint. Als ich rauskomme, durchströmt mich ein berauschendes Gefühl: **Ich bin frei!** Nie wieder muss ich mich hier vorführen lassen. Nie wieder von einem dieser lächerlichen Lehrer in dieser lächerlichen Anstalt kleinmachen lassen.

Kaum habe ich das Schultor erreicht, höre ich auch schon wieder das vertraute Klackern hinter mir. Und die vertraute Stimme. »LUCKY!«, ruft Li außer Atem. »Frau Adam sagt, wenn du jetzt gehst, gefährdest du auch noch deine mittlere Reife. Angeblich bist du noch bis zum Ende des Schuljahres schulpflichtig.«

Ich drehe mich um und schaue in Lis besorgtes Gesicht.

»Oh Mann, reicht es denn nicht, dass sie mich nicht versetzt? Muss sie jetzt noch mal nachtreten?«

Li zuckt mit den Schultern. Sie scheint wirklich verzweifelt über meinen Abgang.

»Das ist doch echt blöd, wegen diesem doofen Mathe kein Abitur zu machen. Ich meine, Mathe ist so eine logische Sache. Das kann jeder kapieren.«

Keine Ahnung, warum Li mich jetzt auch noch nerven muss. Das Freiheitsgefühl fällt jedenfalls wie ein Kartenhaus in sich zusammen.

»Sag ihr, du hättest mich nicht mehr gefunden. Oder meinetwegen, dass ich mich krank fühle und erst mal nach Hause muss.«

»Und was machst du in Wirklichkeit?«

Ich zucke mit den Schultern. **»Frei sein?!«**

»Kann ich mit?«

Ohne mich will Li auch nicht mehr zurück zu der blöden Adam. Sie meint, wir könnten im Sekretariat anrufen und behaupten, mir wäre schlecht und sie wolle mich nach Hause begleiten. Erst habe ich das Gefühl, dass sie einfach ein bisschen mit mir schwänzen möchte, und willige ein. Doch in Wirklichkeit will sie mir nur weiter ins Gewissen reden.

»Du schaffst auf jeden Fall noch eine Fünf in Mathe«, erklärt sie. »Und die kannst du dann mit einem anderen Fach ausgleichen.«

»Ich will aber nichts mehr schaffen und ausgleichen«, erkläre ich Li. »Du glaubst gar nicht, wie satt ich das habe.«

Li versteht mich nicht. Sie meint, dieser winzige Kraftakt hätte so eine große Auswirkung auf mein weiteres Leben. Und sie bietet sogar an, mir zu helfen. Jetzt ist das Freiheitsgefühl ganz dahin.

Wir gehen tatsächlich zu mir nach Hause, und mir ist wirklich wieder schlecht. Blöderweise ist Mom auch noch da und will wissen, warum wir schon so früh da sind. Ich will ihr gerade eine kleine Lüge auftischen, da platzt Li auch schon mit der Wahrheit heraus. Natürlich in der Hoffnung, in Mom eine Verbündete zu finden.

»WAS? Du willst die Schule schmeißen, obwohl es noch eine Hoffnung gibt?«, fasst Mom Lis Worte extrem verkürzt zusammen. »Kommt gar nicht infrage.«

Jetzt ist nicht nur das Freiheitsgefühl weg, sondern ich bekomme auch noch Beklemmungen. So muss sich ein Baby kurz vor der Geburt fühlen. Wenn alles viel zu eng wird, aber der Weg in die Freiheit noch viel enger ist. Leider ist Mom mal wieder diejenige, die meine miese Laune zu spüren bekommt.

»SPINNST DU EIGENTLICH? WEISST DU EIGENTLICH, WIE ES MIR GEHT?«, schreie ich sie an. »Ich krieg nur Druck, und überall läuft alles schief. In der Schule krieg ich eine Sechs reingedrückt, beim Dreh wird mir dieser blöde Jo vor die Nase gesetzt, und zu allem Überfluss hast du mir noch diese tolle Geschichte von meinem Vater aufgetischt. Und dann soll ich überall die Nerven behalten und funktionieren?«

Mom und Li starren mich mit offenen Mündern an. Aber ich habe keine Lust, auf einen der drei Punkte näher einzugehen. Darum drehe ich mich um und verschwinde in mein Zimmer.

Eigentlich hatte ich gehofft, Li wäre peinlich berührt und würde sich ebenfalls verziehen. Oder wenigstens zu mir halten und mir folgen. Tatsächlich höre ich sie aber weiter mit meiner Mutter reden. Und zwar bestimmt eine halbe Stunde lang. Erst dann klopft sie kurz an meine Tür, um sich zu verabschieden.

»Lucky, wir kriegen das alles wieder hin«, behauptet sie. »Aber zu Sport muss ich echt wieder in der Schule sein. Kommst du mit?«

Ich schüttele den Kopf.

»Okay, dann rufe ich dich heute Abend mal an, einverstanden?«

»Tu, was du nicht lassen kannst«, antworte ich.

Fünf Minuten nach Lis Abgang steht meine Mutter bei mir im Zimmer.

»Was ist los, Lucky-Hase?«

»Don't call me **Lucky-Hase**«, versuche ich sie abzuwimmeln. Aber nach meiner Mega-Problemaufzählung von vorhin lässt sie sich nicht einfach verscheuchen. Darum muss ich leider noch etwas deutlicher werden. »Warum hast du mich eigentlich Lucky genannt, obwohl du doch ahnen konntest, wie unglücklich mein Leben verlaufen würde«, schimpfe ich weiter.

Das sitzt, und Mom stöhnt. Sie setzt sich auf mein Bett und presst eines meiner Kissen vor ihren Bauch. Ausgerechnet das mit dieser goldenen Lucky-Aufschrift, das sie mir mal zu Weihnachten geschenkt hat.

»Schieb nicht immer alles auf mich. Das bringt dich auch nicht weiter«, erklärt sie.

»Und was bringt mich dann weiter?«

Mom findet, es müssen Lösungen her. Und weil ich

ein **ungewöhnliches Mädchen** bin, können es ruhig **ungewöhnliche Lösungen** sein.

»Du meinst, wir fälschen mein Zeugnis und ich mache das Abitur auf einer anderen Schule?«

Tatsächlich findet Mom, dass das gar nicht so abwegig ist. Aber zu aufwendig dafür, dass es nur um eine Note geht. Sie schlägt vor, dass wir Frau Adam besuchen und ihr eine ganz neue Lucky präsentieren.

»Du bietest ihr einfach an, ein Referat über Einstein oder so zu halten. Dann kann sie dir keine Sechs im Mündlichen mehr reindrücken.«

»Äh, nur zu deiner Information, Einstein war Physiker. Und ich habe keinen blassen Schimmer von dem, was er herausgefunden hat.«

»Dann nehmen wir doch Adam Riese. Das ist doch witzig! Der ist immerhin ein Namensvetter von Frau Adam. Und er hat einfach nur die Zahlen erfunden, oder? Das kriegst du doch hin.«

»Mom, die Zahlen sind schon vorher erfunden worden.«

Meine Mutter hört mir gar nicht mehr richtig zu. Sie redet sich total in Rage. Damit ich bei ihrem Plan mitmache, will sie mich von sämtlichen Verpflichtungen im Haushalt freistellen. Und den Vorschuss, den sie Hellinger tatsächlich abgeluchst hat, will sie für einen ultracoolen Nachhilfelehrer ausgeben.

»Ich sag dir, wenn ein wunderschöner Mann dir Mathe erklärt, dann ist auch Mathe wunderschön.«

»Womit wir bei Problem Nummer zwei wären: Wir können uns nicht mal einen hässlichen Mathelehrer leisten«, gebe ich zu bedenken. »Denn wenn ich die Dreharbeiten abbreche, müssen wir den Vorschuss bestimmt wieder zurückgeben.«

Auch für dieses Problem will sie ganz schnell eine ungewöhnlich tolle Lösung finden.

»Nein, natürlich wirst du nicht abbrechen!«, erklärt sie empört. Ihr Vorschlag, wie ich mit der Guru-Hose zurechtkommen soll, ist allerdings vollkommen unbrauchbar.

»Stell dir doch vor, dieser Jo ist in Wirklichkeit jemand ganz anderes. Jemand, den du extrem magst. Und er ist für kurze Zeit in diesem schlimmen Jo-Körper gefangen. So wie der Froschkönig, das Biest oder der Glöckner von Notre-Dame. Und nur deine Liebe kann ihn zurückverwandeln.«

»MOM, HÖR AUF! ICH BIN NICHT MEHR IM KINDERGARTEN!«

Aber meine Mutter denkt gar nicht daran, aufzuhören. Sie ist viel zu berauscht von sich selbst. »Die Idee ist doch spitze. Du musst da spielerisch rangehen. Du findest sie nur blöd, weil sie von mir kommt. Sei ehrlich!«

Als ich nicht reagiere, macht meine Mutter einen Schmollmund. Das ist ihre Art, den Spieß umzudrehen, wenn sie nicht mehr weiterweiß. Und als auch das nicht zieht, schlägt sie vor, dass wir eine Runde rausgehen, um uns zu bewegen. Durch Bewegung kommt angeblich auch das Gehirn in Schwung. Das ist wissenschaftlich bewiesen, behauptet Mom. Irgendwie lässt sie sich heute nicht unterkriegen. »Bewegung ist wie Dünger fürs Gehirn. Aus einem Gewirr von kleinen Feldwegen entstehen angeblich super Highways in deinem Kopf.«

Ich bin mir sicher, dass bei diesen wissenschaftlichen Untersuchungen mit **Bewegung** Sport gemeint war, den Mom schon wegen der lächerlich flachen Schuhe, die man zu diesem Zweck tragen muss, grundsätzlich ablehnt. Wir gehen trotzdem raus und bummeln an ein paar Geschäften vorbei.

Ich kann genau sehen, wie meine Mutter so tut, als würden die Schaufenster sie nicht interessieren. Nur wenn sie sich unbeobachtet fühlt, wagt sie einen sehnsüchtigen Blick in das ein oder andere Modegeschäft. Beinahe so schmachtend wie Jo als liebestoller Zauberlehrling. Mir ist schon klar, dass Mom einen Abbruch der Dreharbeiten schon wegen des Geldes auf jeden Fall vermeiden will. Und eigentlich hat sie recht. Wir beide bräuchten dringend ein paar neue Klamotten. Sie, weil sie zu dünn für ihre alten, hauchdünn gewaschenen Seidenblusen ist, und ich, damit man meinen **speziellen Look** nicht mehr für eine Form von Arroganz hält, über die inzwischen schon Klogespräche geführt werden.

»Vielleicht sollten wir Problem Nummer drei vorziehen«, schlage ich Mom vor. »Kann sein, dass ich bei deinen Vorschlägen nicht so richtig anbeiße, weil ich immer noch sauer auf dich bin.«

Mom nickt. Sie weiß genau, was ich meine.

»Dein Vater«, stöhnt sie. »Okay, du darfst mir jetzt einmal den Kopf abreißen, mich zusammenfalten und auf den Mond schießen. Ich habe für alles Verständnis.«

»Was soll denn das jetzt wieder?«, fauche ich sie an. »Was soll mir das denn helfen, wenn ich dir den Kopf abreiße? Ich will Widergutmachung, verstehst du!«

»Aber was hab ich dir denn schon anzubieten«, antwortet Mom und lässt die Mundwinkel hängen.

Das stimmt. Es gibt nichts, was ich von ihr verlangen könnte, was nur annähernd ihre Fünfzehnjahreslüge wieder aufwiegen könnte.

»Pass auf, bis heute Abend hast du mir die Mailadresse meines Vaters besorgt. Das ist Punkt eins«, erkläre ich in demselben Ton, in dem Jago mir neulich seine Regeln diktiert hat.

»Okay.« Mom nickt tapfer, gerät aber ein bisschen ins Straucheln. Unglücklicherweise treibt sie dabei in Richtung Radweg ab, auf dem ein Herr von hinten angeradelt kommt. Der Typ bekommt einen Riesenschreck. Und um meiner sehr zerbrechlich wirkenden Mutter auf jeden Fall auszuweichen, gerät er selber ins Schlingern und legt sich am Ende unnötigerweise auf die Klappe.

Meine Mutter, die nur mit sich und der Abtragung ihrer großen Schuld beschäftigt ist, hat gar nicht gemerkt, dass sie der Grund des Unfalls ist. Zu allem Überfluss bekommt sie auch noch einen Lachanfall, was ihr Unfallopfer natürlich überhaupt nicht witzig findet.

»HERRGOTT SAKRA, HABEN SIE EIGENTLICH KEINE AUGEN IM KOPF!«, brüllt der wie ein Käfer auf dem Rücken liegende Mann los. »Erst werfen Sie sich vor mein Rad, und dann lachen Sie mich aus!«

Meine Mutter zeigt dem Typ einen Vogel. Dann schaut sie mich fragend an. Inzwischen sind auch andere Passanten angekommen und helfen dem Radfahrer wieder auf die Beine. Er hat zwar ein Loch in der Hose und ein paar blaue Flecken, aber auf den ersten Blick sieht es aus, als wäre nur sein Ego ernsthaft verletzt worden. »Himmel, Arsch und Zwirn, verflixt und zugenäht! So eine Unverfrorenheit! So was ist mir ja noch nie passiert.«

»Mom«, flüstere ich. »Der Typ wollte dir ausweichen, darum ist er hingeflogen.«

»Oh Gott!« Meine Mutter nimmt die Hände vors Gesicht. »Wie viel Schuld muss ich denn heute noch auf mich nehmen?«

Inzwischen hat sich ein kleiner Verstärkungstrupp um den seltsamen Flucher gebildet. Ein paar Zeugen, die alle gesehen haben, dass meine schadenfrohe Mutter der Grund für den Unfall war. Die Leute schauen ziemlich entrüstet zu uns herüber. Fast so wie die empörte Sweety-Familie neulich im Restaurant. Aber dann macht meine Mutter etwas extrem Cooles. Vielleicht, um mir zu zeigen, dass ihre außergewöhnlichen Lösungen besser sind, als ich denke. Jedenfalls geht sie schnurstracks auf die Protest-Gruppe zu und entschuldigt sich bei jedem mit Handschlag und mit den Worten: »Es tut mir leid, dass ich gelacht habe. Dabei habe ich heute noch gelesen, dass Schadenfreude eine versteckte Form von Neid ist. Wussten Sie das?« Die Leute sind erst mal sprachlos. Dann wendet sich meine Mutter direkt an den Mann mit der kaputten Hose und der zerstörten Frisur, der an seinem Arm herumreibt und noch ein bisschen unter Schock zu stehen scheint.

»Wenn das stimmt mit dem Neid, und viele Untersuchungen sprechen dafür, dann kann ich nur sagen: Es gibt echt viel, auf das man bei Ihnen neidisch sein könnte.«

»He?«, fragt der Typ und schüttelt ungläubig den Kopf.

»Na ja, Sie sehen gut aus, Sie sind toll angezogen, Sie haben ein schickes Rad. Wahrscheinlich haben Sie auch eine tolle Familie, die zu Hause auf Sie wartet …«

Der Mann hört völlig entgeistert auf, seinen Arm zu massieren, und schaut meine Mutter mit großen Augen an. Dann rollen ein paar Tränen über seine Wangen und verschwinden in dem gepflegten grauen Bart.

»Hab ich nicht«, schnieft er. »Es gibt keinen Grund, mich um irgendetwas zu beneiden.«

Meine Mutter macht ihre Handtasche auf und reicht dem Herrn ein Taschentuch. Als er sich wieder beruhigt hat, schreibt sie ihm mit Kajalstift ihre aktuelle Handynummer auf eine ihrer alten Visitenkarten, die seit Jahren auf dem Grund ihre Handtasche ein trauriges Dasein führen und einfach keine Abnehmer finden.

»Die Hose ersetze ich Ihnen natürlich. Und falls bei

Ihnen oder bei Ihrem Rad noch irgendwelche Spätschäden auftauchen, dann rufen wir meine Versicherung an.«

Für Mom ist die Sache damit gegessen. Sie kommt zu mir zurück, hakt sich bei mir unter und schiebt mich weiter durch den Mittagsverkehr.

»Was war **das** denn?«

»Was meinst du?«

»Die Nummer mit dem Neid und der Schadenfreude?«

»Das hab ich ehrlich mal gelesen«, behauptet Mom. Dann will sie aber nahtlos wieder zur Lösung **meiner** Probleme übergehen. Genauer gesagt, zu Problem Nummer drei, das in ihren Augen **der dickste Fisch an der Angel** ist.

Ein bisschen hat sie mich mit ihrer Show beeindruckt. Jedenfalls bin ich jetzt etwas offener für ihre Ideen. Und zum Thema Nummer drei hat sie eigentlich einen ziemlich guten Vorschlag.

»Pass auf, wir wissen beide, dass ich zurzeit kaum Möglichkeiten habe, irgendetwas wieder in Ordnung zu bringen. Was hältst du also davon, dass du etwas sehr Großes im Leben bei mir guthast. Etwas, was wir jetzt noch gar nicht absehen können. Irgendeine Sache, bei der jede Mutter zu Recht sagen würde: **Ohne mich!** Und bei dieser Sache würde ich dann alles wiedergutmachen. Oder wenigstens einen Teil. Abgemacht?«

Ich überlege. Vielleicht habe ich selber mal ein Kind und bin damit überfordert. Dann bräuchte ich kein schlechtes Gewissen zu haben, wenn ich Mom dauernd als Babysitter missbrauche. Oder ich mache auch mal einen ganz großen Fehler im Leben. Dann könnte ich sicher sein, dass Mom mir verzeiht.

»Okay, das nehme ich. Das plus einmal neu einkleiden. Und zwar jetzt, einverstanden? Egal, ob wir den Vorschuss zurückzahlen müssen. Ich brauche neue Klamotten.«

Mom grinst. Ich hoffe, ich habe sie nicht zu billig davonkommen lassen. Wir stürzen in den nächsten Laden, und sie kauft mir sündhaft teure Stiefel, einen Pullover, der einem vor lauter Weichheit unter den Fingern zergeht, eine Jeans mit der perfekten Passform. Ich behalte alles gleich an und fühle mich schon ein kleines bisschen besser.

13

ALS WIR WIEDER ZU HAUSE SIND, verschwindet meine Mutter in ihrem Schlafzimmer. Eine Stunde später kommt sie wieder heraus. Sie hat die Haare hochgesteckt und trägt eine schwarze Bluse, die bis zum letzten Knopf geschlossen ist.

»Musst du noch auf eine Beerdigung?«

»Nein, ich wollte nur ein bisschen feierlich rüberkommen, wenn ich dir das hier überreiche«, sagt sie und gibt mir einen Zettel.

»Mehr habe ich nicht rausbekommen. Jetzt lass die Bombe platzen, wenn du willst.«

Auf dem Zettel steht eine Mailadresse:

Jean-grenier@gmx.com.

Ich stecke die Adresse in meine Hosentasche.

In meinem Zimmer hole ich den Zettel wieder raus und starre auf den Namen. Jean Grenier. Hört sich total fremd an. Am Ende ist mein Vater mir vollkommen fremd. Irgendein Mann, mit dem mich nichts verbindet, außer ein paar Muster in der DNA.

Jetzt bloß nicht einknicken, denke ich, und setze mich an den Laptop. Dann schreibe ich einfach drauflos:

Lieber Jean,
ich weiß, du denkst, es gäbe mich gar nicht. Oder schlimmer noch, du kennst nicht mal diesen Gedanken. Weil du ja gar nicht ahnen kannst, dass es mich überhaupt geben **könnte**. Aber es gibt mich. Und zwar schon seit fünfzehn Jahren. Das sind fünfzehn Jahre, in denen ich glaubte, du wärest ein mieser Typ, der sich einen Dreck um mich kümmert. Bis Mom mir gestern gestand, dass sie mich all die Zeit vor dir geheim gehalten hat. Aus welchen Gründen auch immer. Angeblich ist es ihr nicht leichtgefallen. Vielleicht genauso schwer, wie es mir gerade fällt, dir diese Mail zu schreiben. Eine Mail an einen Unbekannten ...
Mom sagt, ihr wäret schon getrennt gewesen, als sie den Test gemacht hat. Und dass sie rauswollte aus Frankreich. Sie hatte Angst, du hättest sie daran hindern wollen, wenn du Bescheid gewusst hättest. Demnach bist du wohl Franzose, und ich weiß nicht einmal, ob du Deutsch verstehst. Eigentlich weiß ich auch sonst kaum etwas über dich. Außer eben, dass du mein Vater bist.
Vielleicht erschreckt dich das ja. Vielleicht hät-

test du es lieber nicht gewusst, wer weiß. Ich wollte dir nur mitteilen, dass ich sehr glücklich darüber bin, dass du nichts von mir wusstest. Denn das ist tausendmal besser, als wenn du dich wissentlich nie gemeldet hättest. So kann ich mir einbilden, du hättest alles für mich getan, wenn du nur eine Chance gehabt hättest. All das, was ein Vater für seine Tochter in den ersten fünfzehn Jahren so tut, meine ich. So ein nichts ahnender Vater ist doch echt besser als einer, der willentlich keine Karten zum Geburtstag schickt und auch sonst nichts tut. Ich dachte immer, ich wäre tot für meinen Vater. Und in gewisser Weise war ich das ja auch. Für dich habe ich jedenfalls nicht existiert. Aber für mich gab es dich. Du lebtest zumindest in meiner Phantasie. Auch wenn diese Phantasie mies war und hoffentlich nichts mit der Realität zu tun hat.
Ich habe schreckliche Angst, diese Mail abzuschicken. Angst, dass du nicht antwortest und sich mein Schicksal ein zweites Mal wiederholt. Ich wage es jetzt trotzdem.
Liebe Grüße
Lucky

Nachdem ich das Zischgeräusch der abgehenden Mail gehört habe, lasse ich mich auf mein Bett fallen. Der Brief hat mich so angestrengt, dass ich die Augen schließe und sofort einschlafe. Wenige Minuten später schrecke ich aus einem Traum hoch, in dem ich zusammen mit Königin Amidala in einem Katzenkorb eingesperrt bin, der sich auf dem Rücksitz von Moms Auto befindet. Mom steuert den Wagen, und ich habe keine Ahnung, wo es hingeht. Ständig fährt sie irgendwelche waghalsigen Manöver. Wir werden in dem Katzenkorb hin und her geschleudert. Bremsen quietschen, Autos hupen, eine Sirene ist zu hören. Amidala und ich sind merkwürdig ruhig. Irgendwie haben wir uns in unser Schicksal gefügt und kennen es nicht anders. Erst als es einen Unfall gibt, schrecke ich hoch und wache auf.

Ich bin verschwitzt und springe zum Schreibtisch, auf dem mein Laptop steht. Es ist keine Mail eingetroffen. Weil ich auf keinen Fall hier warten und alle zwei Minuten meinen E-Mail-Account überprüfen möchte, mache ich mich viel zu früh auf den Weg zu Jago.

Als ich heute auf die Klingelanlage mit den vielen kleinen Aufkleber-Bergen schaue, traue ich mich kaum, meinen Finger auf den Namen **Freund** zu drücken. Schließlich sind die letzten beiden Besuche in einer Katastrophe geendet. Aber heute erwartet er mich, wenn auch etwas später. Der Fahrer von der Filmproduktion kommt uns gemeinsam hier abholen.

Jago ist zur Abwechslung weder im Bad noch im Bett, sondern steht persönlich in der Tür, um mich in Empfang zu nehmen.

»Bin ich froh, dass du gekommen bist«, stöhnt er. Dann läuft er wie ein Tiger im Käfig im Zimmer umher und rückt irgendwelche Sachen zurecht. Die Bücher auf dem Nachttisch werden im rechten Winkel zueinander ausgerichtet, und die Naht des Stehlampenschirms wird nach hinten gedreht. Es muss schlimm um ihn stehen.

»Ich hatte solche Angst, du kommst nicht«, sagt er.

Irgendwie beruhigt mich seine Hektik ein bisschen. Es ist, als würde er meinen Stress gleich mit ausleben und ich könnte mich mal kurz gemütlich zurücklehnen.

»Zu Recht«, grinse ich.

»Aber du hast dir schon vorgenommen, dass wir das jetzt packen, oder?«

Ich schaue in Jagos graue Augen, die keine Sekunde stillstehen können.

»Noch vor wenigen Tagen musste ich dich zu diesem Job überreden. Und jetzt tust du so, als hinge dein Leben davon ab.«

»Du hast ja recht!«, stöhnt Jago. »Ich war doch der, der jederzeit aussteigen können wollte. Äh, **aussteigen können wollte**, sagt man das so?« Er streicht die Decke auf seinem Bett glatt, obwohl gar keine Falte zu sehen war. Ich muss lachen.

»Hör jetzt mal mit diesem Hausfrauenkram auf!«, ermahne ich ihn. »Lass uns lieber nachdenken, ob wir Jo nicht doch noch irgendwie loswerden können. Immerhin gibt es heute diese Reitszene. Ich könnte ihn vom Pferd schubsen.«

Jago findet das nicht witzig. Dann erzähle ich ihm von meiner großen Niederlage in der Schule, was ihn nur noch nervöser macht. »Das sind ja Top-Bedingungen«, jault er.

Als wir eine Stunde später beim Dreh ankommen, habe ich mich dank Jagos Panik schon ziemlich gut erholt.

»Wir drehen ganz am Anfang diesen Ausritt«, erklärt Ron Hellinger freudestrahlend. »Ich dachte, so eine Actionszene schweißt euch vielleicht zusammen. Und außerdem sind eure Reitstunden noch ziemlich frisch. Nicht, dass ihr am Ende der Dreharbeiten verlernt habt, wie man mit so einem Gaul umgeht.«

Ich könnte mir vorstellen, dass Ron uns wegen des Unfallrisikos gleich am Anfang reiten lässt. Denn wenn einer von uns beiden tatsächlich vom Pferd fliegt und nicht mehr weiterdrehen kann, dann ist nicht schon der halbe Film im Kasten. So könnte man immer noch schnell nachcasten.

Beim Anblick von Jo bekomme ich auf der Stelle wieder schlechte Laune. In der Reithose werden seine Spargelbeine noch deutlicher herausgearbeitet als sonst. Trotzdem stolziert er wie John Wayne persönlich über den Hof. Selbst das Pferd merkt, wie uncool er ist, und schnappt nach seiner Hand, als er ihm eine Möhre hinhält.

Ron erklärt uns den Ablauf. »Wie brauchen nur zwei Totale im Trab. Einmal von vorne und einmal von hinten. Und dann brauchen wir noch mal jeden einzeln auf dem Pferd mit Dialog.«

Als Erstes kommt die Kameraeinstellung von hinten. Die Pferde sind von ein paar Profis schon müde geritten worden, damit sie nicht gleich mit uns durchgehen. Nachdem Jo und ich aufgesattelt haben, sollen wir zum Warmreiten ein paar Runden auf dem Platz drehen. Jo, der etwas besser reitet als ich, übernimmt die Führung, während ich hinterhertrabe und auf seinen knöchernen Hintern starre. Ich weiß echt nicht, wie ich gleich vor der Kamera ein verliebtes Lächeln hinkriegen soll. In meiner Not versuche ich an Mom zu denken und an ihre Idee mit dem verzauberten Prinzen. Plötzlich dreht sich Jo zu mir um und bringt mich ganz aus dem Konzept.

»Na, ich hoffe, du bist aus der Trotzphase inzwischen raus!«, ruft er mir zu. »Denn objektiv geben wir doch ein hübsches Paar ab.«

»Objektiv wäre es Verführung Minderjähriger und du kämest in den Knast dafür!«, rufe ich zurück. Jo verzieht das Gesicht. »Also doch noch Zickenalarm. Du bist ein echter Profi, mein lieber Herr Gesangsverein.«

Mein lieber Herr Gesangsverein?! Aus welchem Jahrhundert stammt der Typ? Das Schlimme ist, dass er in gewisser Weise auch noch recht hat mit meiner Unprofessionalität. Auf der anderen Seite – was für ein beknackter Film soll das sein, in dem eine Fünfzehnjährige sich in einen fünfundzwanzigjährigen Spargelspacken verliebt? Nach dem Warmlaufen folgt der erste Dreh. Zum Glück der von hinten, sodass ich noch ein bisschen Zeit habe, bis der verliebte Blick zum Einsatz kommt.

Dafür steht plötzlich eine ganz andere Prüfung auf dem Plan. Denn obwohl unsere Pferde angeblich schon ausgepowert sind, scheint sich der Stress ihrer Reiter auf sie übertragen zu haben. Jedenfalls veranstalten sie ein Wettrennen, das weder Jo noch ich unter Kontrolle haben. Sie rasen in gestrecktem Galopp und nur Zentimeter voneinander entfernt durch die Landschaft. Irgendwann lasse ich einfach die Zügel los, halte mich krampfhaft am Sattel fest und hoffe, dass ich die ganze Sache überlebe. Es ist ein wahnsinniger Ritt über eine Wiese, die kein Ende zu nehmen scheint. Vielleicht ist es ja gar nicht so schlimm, wenn ich runterfalle und für den Rest der Filmproduktion drehunfähig bin. Es gibt bestimmt eine Versicherung, die mein Ausfallhonorar zahlen würde. Mom und ich hätten also Geld, und ich müsste mich nicht weiter quälen, außer natürlich mit den Unfallfolgen und den Schmerzen. Aber ich falle nicht runter. Und Jo leider auch nicht. Am Ende der Strecke werden wir von zwei Reitlehrern in Empfang genommen, die alle Mühe haben, die Pferde abzufangen und zu stoppen. »Wahnsinn!«, höre ich Ron Hellinger aus der Ferne rufen.

»DAS WAR FURIOS, LEIDENSCHAFTLICH, PHANTASTISCH!«

Gut, dass er nicht gesehen hat, wie wir von vorne dabei aussahen.

Der Vorwärtsdreh folgt dreißig Minuten später. Eine halbe Stunde, in der Jago mir unaufhörlich erklärt, wie toll ich von hinten gewirkt habe. Beim Vorwärtsreiten soll es angeblich etwas ruhiger zugehen. Zumal die Pferde jetzt endgültig keine Kraft mehr haben. Dafür ist die Kamera näher auf unseren Gesichtern. Und die sollen nach Rons Auffassung ebenfalls **furios und leidenschaftlich** wirken.

»Ich möchte das, was wir eben von den Pferden gesehen haben, jetzt in euren Gesichtern sehen«, erklärt er und zwinkert mir zu. Aber ich bekomme es nicht hin. Nicht bei der ersten und nicht bei der zehnten Klappe. Eigentlich werde ich von Mal zu Mal schlechter. Die Pferde haben inzwischen gar keine Lust mehr, sodass wir uns unserer schwer entflammbaren Liebe nur noch im Schritttempo entgegenheucheln können.

»CUT!«, ruft Ron nach dem letzten Versuch. »Wir machen Schluss für heute.«

Als wir abgestiegen sind und Jo mich mit einem abschätzigen Kopfschütteln gestraft hat, will Ron Jago und mich unter sechs Augen sprechen.

»Was ist los?«, fragt er scharf. »Sieht es so aus, wenn du verliebt bist?«

»Ich kann das nicht«, versuche ich Ron zu erklären.

»Das habe ich wohl gemerkt«, knurrt er.

Aber bevor es zu ein paar klärenden Worten kommen kann, geht Jago wieder dazwischen. »Das soll jetzt keine Entschuldigung sein, aber Lucky hatte heute einen schlimmen Tag in der Schule.«

Ron wirkt von Jagos Argument nicht besonders beeindruckt. Wahrscheinlich kostet ihn jeder Drehtag viele

Tausend Euro. Und diesen Dreh hier müssen wir auf jeden Fall verloren geben. Jedenfalls den zweiten Teil. Darum ist er wohl nicht besonders mitfühlend, was meinen Schulstress angeht.

Ron und Jago beginnen, über mich zu reden, als wäre ich gar nicht da. Und immer, wenn ich mich einmischen will, um zu sagen, dass diese Diskussion vollkommen unnötig ist, weil ich sowieso nicht mehr weitermache, tritt Jago mir auf den Fuß. Schließlich lasse ich die beiden einfach stehen. Sie werden es schon merken, wenn ich nicht mehr wiederkomme. Da können sie meine Probleme so viel analysieren, wie sie wollen.

Gerade als ich den Fahrer bitten will, mich nach Hause zu bringen, steht Jago wieder neben mir. Mit hochrotem Gesicht verkündet er, dass wir morgen um fünf wieder hier sein **dürfen**. »Und bis dahin üben wir den verliebten Blick!«

Angeblich hat er bei Facebook ein megahässliches Bild von Jo gefunden. Das will er auf seinem Computer hochladen, und dann lässt er mich erst wieder gehen, wenn ich es draufhabe, dieses Foto verliebt anzugucken.

»Geht's noch? Habe ich in meinem eigenen Leben auch noch etwas mitzureden?«

Jago möchte, dass wir das nicht hier am Set, sondern bei ihm zu Hause ausdiskutieren. Und das tun wir auch. Allerdings viel feindseliger, als es angemessen wäre. Unser kleiner Streit artet in einen richtigen Machtkampf aus. Und als echter Psycho ist Jago ein Profi darin, sich die wunden Punkte seines Gegenübers vorzuknöpfen und darauf hemmungslos herumzutrampeln.

Auf mein erschöpftes **Tut mir leid, ich kann nicht mit Jo spielen!** antwortet er allen Ernstes mit einer vernichtenden Analyse meines kompletten Charakters: »Du bist so ein Kleinkind. Keiner will dir was. Die Einzige, die dir im Weg steht, bist du selbst. Du willst doch nur verhindern, dass du Erfolg hast. Weil du so ein Erfolglosigkeitsprogramm laufen hast. Nur weil du Angst hast, du könntest scheitern. Oder jemand könnte dir zu nahe kommen. Darum findest du vorsichtshalber mal alles unter deiner Würde. Du machst es dir da so einfach. Bloß nix riskieren. Dich bloß auf nix einlassen!«

»So ein Quatsch«, versuche ich seinen Angriff abzuwehren. »Ich hab kein **Erfolglosigkeitsprogramm** laufen. Immerhin hatte ich schon mal großen Erfolg. So einen großen Erfolg, dass ich mir den jetzt nicht durch so einen Typen wie Jo kaputt machen lasse.«

Aber das lässt Dr. Jago natürlich nicht durchgehen.

»KLAR IST JO AN ALLEM SCHULD!«, ruft er und lacht dabei seltsam hysterisch. »Und warum? Weil du immer jemanden brauchst, auf den du all deine Unzulänglichkeiten abwälzen kannst.«

»Unzulänglichkeiten abwälzen?«, frage ich. Weil das Wort echt nicht in den Wortschatz eines Siebzehnjährigen passt. Sind denn heute alle von vorgestern?

»Ja, Unzulänglichkeiten. Deine Schwächen, deine Fehler, deine Unprofessionalität …«

»Danke, ich weiß, was Unzulänglichkeiten sind!«

Einen Moment herrscht Ruhe, und wir stehen uns gegenüber wie zwei Boxer nach der ersten Runde. Dann holt Jago erneut aus. »Wenn du diesen Dreh absagst, wird das die dickste Niederlage deines Lebens, das verspreche ich dir!«

Ich sehe ihn an und kann nicht fassen, dass er so zuschlägt. Ich spüre nicht mal das Brennen unter der Haut, so unwirklich scheint mir diese Unterhaltung. Noch unheimlicher finde ich allerdings, dass ich plötzlich selber zum ganz großen Gegenschlag aushole.

»Ich weiß echt nicht, warum ich mir von so einem wie dir irgendetwas sagen lassen muss«, bricht es aus mir heraus. »Ich meine, du bist nur der, der ein bisschen mit mir üben soll. Sonst nichts. Und du spielst dich vom ersten Moment an auf wie der ganz große **Big Boss**. Dabei steckst du voller Zwänge und Ängste, es bloß allen recht zu machen. Und wehe, ich passe nicht in deinen Plan oder du verlierst die Kontrolle. Dann schlägst du alles kurz und klein. **Du** bist doch der Kaputtmacher, nicht ich.«

»Ach ja, und was bitte mache ich kaputt?«, fragt Jago mit gespielt cooler Stimme. An seinen weit aufgerissenen Angstaugen kann ich allerdings genau erkennen, dass ich voll ins Schwarze getroffen habe. Diesmal habe **ich seinen** wunden Punkt erwischt. Er steht ganz ohne Deckung da. Der perfekte Moment für einen K. o.-Schlag.

»Du machst unsere Freundschaft kaputt, denn wenn du mich nicht unter Kontrolle hast, wenn ich nicht nach deinen blöden Regeln spiele, dann kommst du nicht klar. Das ist wie bei Sweety.« Jago wirft sich auf sein Bett, so als würde er tatsächlich zu Boden gehen. Er starrt bewegungslos unter die Decke mit den ordentlich angeordneten Halogenleuchten.

»Was meinst du mit **das ist wie bei Sweety**?«

»Na ja, ich habe sie getroffen. Unfreiwillig. Sie hatte sich in der Nachbartoilette neben mir eingeschlossen und hat mit ihrer Freundin telefoniert.«

»Ja und?«, fragt Jago wie paralysiert. Seine Stimme ist leise und ein bisschen heiser. Ich sollte aufhören. Er ist schon angezählt. Er steht bestimmt nicht wieder auf. Aber ich kann nicht anders, ich muss diesen Schlag bis zum Ende durchziehen. »Sie hat gesagt, dass du immer alles so drehst, wie es dir passt. Und am Ende beschwerst du dich noch, dass du das arme Opfer bist. Sie meinte, du hättest behauptet, überhaupt nicht eifersüchtig zu sein. Und als sie dir nicht glauben wollte, hast du vorgeschlagen, dass sie ja mal Toller küssen kann. Dann würde sie schon sehen …«

»Das war doch nicht ernst gemeint«, murmelt Jago leise vor sich hin. Aber ich bin mir nicht sicher, ob er wirklich noch bei Bewusstsein ist.

»Ich wollte dir das alles gar nicht sagen. Oder wenn, dann wollte ich behaupten, dass Sweety spinnt. Aber inzwischen bin ich mir nicht mehr sicher. Ich glaube, sie hat recht.«

Jago setzt sich plötzlich wieder auf und schluckt.

»Nimm das zurück! Nimm das sofort zurück!«, sagt er immer noch leise, aber jetzt mit eiskaltem Blick. Ich habe richtig Angst vor ihm und nehme auf der Stelle alles zurück, was ich gesagt habe.

Es fühlt sich an, als wäre ich es gewesen, die nicht bei Bewusstsein war. Und als würde ich gerade erst wieder zur Besinnung kommen. Aber es ist zu spät.

»Ich glaube, ich möchte jetzt lieber allein sein«, sagt Jago und weist mir den Weg zur Tür.

»Hör zu, es tut mir echt leid, aber …« Ich komme nicht mehr dazu, den Satz zu Ende zu sprechen, denn da hat Jago mich auch schon aus der Wohnung geschoben und mir die Tür vor der Nase zugemacht. Zwei Sekunden später bekomme ich eine SMS von ihm.

Leb wohl, Lucky.

Wie in Trance gehe ich den ganzen Weg bis nach Hause zu Fuß. Es ist besser so, der Typ ist nichts für dich, hämmert Stimme Nummer eins im Sekundentakt auf mich ein. Du hattest so recht mit dem Freundschaftskaputtmacher.

Dazwischen versucht Stimme Nummer zwei ein paar kritische Anmerkungen einzuwerfen. Du hast gerade deinen einzigen guten Freund verloren. Du mochtest ihn gerne. Du mochtest ihn viel mehr, als du zugeben willst. Du wirst ihn vermissen. Ich laufe immer schneller, aber auch die Stimmen legen an Tempo zu.

Als ich zu Hause ankomme, bin ich völlig erschöpft. Mit letzter Kraft lüge ich Mom an, dass beim Dreh alles gut gelaufen ist, und schließe mich in meinem Zimmer ein. Jetzt bloß keine weiteren Diskussionen mehr. Mit zittrigen Händen öffne ich den Laptop. Und tatsächlich, ich habe eine Mail von Jean Grenier. Das ist definitiv nicht der richtige Zeitpunkt für eine weitere Katastrophe. Trotzdem kann ich nicht anders. Mit zittrigem Finger klicke ich sie an und beginne zu lesen.

14

Liebe Lucky, du glaubst gar nicht, wie glücklich mich deine Mail gemacht hat. Und wie unglücklich zugleich. Denn immerhin scheine ich fünfzehn Jahre von deinem Leben verpasst zu haben. Fünfzehn Jahre, die mir niemand mehr zurückgeben kann. Deine Mutter hatte recht, hätte ich gewusst, dass sie schwanger war, ich hätte sie nie mehr alleine gelassen. Oder sagen wir lieber, ich hätte dich nicht alleine gelassen. Wie schrecklich, dass du so lange gedacht hast, ich würde mich nicht für dich interessieren! Ich darf gar nicht darüber nachdenken. Ich habe eine Tochter, und ich konnte nicht für sie da sein! Wenn du wüsstest, wie sehr ich mir immer ein Kind gewünscht habe. Aber ich habe nie die richtige Frau gefunden. Vielleicht kann ich ja in den nächsten fünfzehn Jahren wiedergutmachen, was dieser miese Phantasievater alles verbockt hat. Auf jeden

Fall hast du ein paar sehr dicke Wünsche bei mir frei. Und natürlich haufenweise Zusatzwünsche. Sollen wir mal telefonieren? Oder uns treffen? Oder erst mal nur schreiben? Du bist der Chef, du bestimmst das Tempo.
Bleibt mir erst mal, mich unbändig darüber zu freuen, dass es dich gibt.
Liebe Grüße
Dein Vater (Oh Gott, darf ich das einfach so schreiben ...?)

PS: Wie du siehst, spreche ich deutsch. Ich bin nur ein halber Franzose. Und inzwischen lebe ich auch nicht mehr in Paris, sondern in Frankfurt, wo ich als Art Director in einer Werbeagentur arbeite. Ich könnte also in den Zug steigen und dich besuchen kommen, wann immer du willst. Mit einem Haufen an Geburtstagskarten in der Tasche. Für jedes verlorene Jahr mindestens eine.

Ich lese den Brief immer und immer wieder. Dann rufe ich Li an und lese ihn ihr vor. Weil ich nicht sicher bin, ob ich alles verstanden habe, was dort steht. Immerhin kenne ich mich mit Vätern echt nicht aus.

»Wow!«, ruft Li, als ich fertig bin. »Ich kann mich nicht erinnern, je einen so netten Brief von meinem Vater bekommen zu haben. Nicht mal annähernd!«

»Er hört sich schon nett an, oder?«

Li überschüttet meinen unbekannten Vater mit Komplimenten, sodass ich mich schon etwas besser fühle. Jedenfalls gefestigt genug, um ihr von meinem schrecklichen Streit mit Jago zu erzählen.

»OH NEIN!«, ruft sie. »Was macht ihr denn da nur? Das war doch echt unnötig!«

Sie glaubt, dass Jago sich eines Tages schon wieder beruhigen wird. Immerhin hätte er selber ja auch ganz schön ausgeteilt. Und bis dahin müsste ich es eben alleine schaffen. Also nicht ganz allein natürlich, sondern zusammen mit meiner Mom, ihr und meinem Vater.

»Was genau soll ich denn schaffen?«, frage ich zur Sicherheit noch mal nach.

Und tatsächlich hat Li auch schon wieder ganz genaue Vorstellungen davon, wie mein Leben weiterzugehen hat.

»Na, die Versetzung und den Film. Du schaffst beides, ich schwöre es dir. Wo ein Wille ist, da ist auch ein Weg.«

Puh, warum fragt eigentlich niemand mal, was ich eigentlich will?

»Li, du bist echt nett und optimistisch und pragmatisch und hilfsbereit. Aber du darfst die Rechnung nicht ohne meine Stimmungen machen.«

Tatsächlich glaubt Li, dass wir das mit den Stimmungen schon hinkriegen. Sich von Stimmungen beeindrucken zu lassen wäre was für Anfänger, sagt sie. »Außerdem kannst du mich immer anrufen, wenn ich dich ein bisschen aufheitern soll.«

Ich weiß echt nicht, warum sie so nett zu mir ist. Und warum alle aus mir einen besseren Menschen machen wollen. Aber ich will es auch gar nicht infrage stellen. Sonst kommt bestimmt gleich wieder das nächste Stimmungstief.

»Okay, ich versuch's!«

Seltsamerweise macht Li denselben Vorschlag wie Mom. Sie will gleich morgen mit mir zu Frau Adam gehen und sie bitten, dass ich noch ein Referat halten darf. Und sie will, dass ich morgen Nachmittag auch ohne Jago wieder beim Dreh erscheine. »Versprichst du mir das? Heute war der erste Drehtag. Der allererste. Da kannst du doch nicht sofort alles hinschmeißen!«

Irgendwie rührt mich Lis Eifer. Und am Ende verspreche ich alles und lade mir tatsächlich Jos blödes Bild aus dem Internet runter, um es dann eine Stunde lang mit positiven Gefühlen aufzuladen. Ich suche irgendetwas in seinem Gesicht, was mir gefällt, um mich nur darauf konzentrieren zu können. Erst finde ich nichts, aber dann entdecke ich dieses winzige Grübchen in der linken Wange. Es ist echt sympathisch, da kann man sagen, was man will. Und in meiner Gefühlswelt blase ich das Ding auf, bis es mindestens so groß ist wie der Grand Canyon.

Als ich am nächsten Tag um fünf am Drehort erscheine, habe ich bereits Frau Adams Referatszusage in der Tasche und den Grand Canyon im Hinterkopf. Ron fragt sofort nach Jago, was dafür spricht, dass der noch nicht bei ihm angerufen hat. Na ja, warum auch, wenn er glaubt, dass ich ohnehin den Job hinschmeiße und sein Job sich damit erübrigt hat.

Ich erzähle Ron, dass Jago krank ist, und frage, ob wir nicht ein paar Szenen vorziehen können, in denen ich nicht mitspiele. Ron scheint noch von gestern ziemlich genervt und ist von der Idee nicht besonders begeistert.

»Hör zu, ich weiß, dass ich gestern einen schlechten Tag hatte. Aber heute bekomme ich die Reitszene hin, auch ohne Jago. Ich versprech's. Nächste Woche kann dann wieder alles nach Plan laufen.«

Ron nimmt die Brille ab und reibt seine kleinen müden Augen.

»Bitte, er braucht die paar Tage zum Gesundwerden. Und ich brauche ihn.«

Eigentlich hasse ich es, **bitte, bitte** zu sagen. Aber ich will ja lernen, über meinen Schatten zu springen. Und es wirkt!

»Okay, aber dann möchte ich heute diesen verliebten Blick sehen, den ich vom Casting von dir kenne.«

Ich nicke und lasse vor meinem geistigen Auge das Grübchen wieder wachsen.

Gott sei Dank sind wenigstens die Pferde heute ruhiger. Jo und ich können ganz gemächlich auf die Kamera zutraben, während ich wie gebannt sein Grübchen anbete und hoffe, dabei auszusehen, als würde ich ihm jeden Wunsch von den Lippen ablesen wollen. Seltsamerweise bringt ihn genau das aus dem Konzept. Er scheint mit meiner neuen Bewunderung für ihn nicht gut klarzukommen. Vielleicht reizt ihn ja nur die bockige Lucky. Wer weiß. Aber am Ende kriegen wir doch noch alles zu Rons Zufriedenheit hin, und er entlässt mich mit den Worten: »Eine Woche und keinen Tag länger!«

Ich bin extrem erleichtert. Jetzt habe ich eine Woche für mein Mathereferat und um Jago wiederzugewinnen. Wobei ich glaube, dass das Referat die wesentlich einfachere Aufgabe ist.

Noch am selben Abend schreibe ich eine zweite Mail an meinen Vater.

Lieber Jean,
wie gut, dass es dich nun gibt! Du sagst, dass ich ein paar Wünsche bei dir offen habe. Würdest du mir einen direkt erfüllen? Würdest du mir einen Rat geben? Ich weiß, das kommt jetzt etwas holterdipolter. Aber ich stecke mitten in einem großen Schlamassel. Ich habe ziemlichen Ärger mit einem Freund, der mir sehr wichtig ist und der mich bei den Dreharbeiten für einen Film begleitet. Mom meinte, du wärst diesem Freund sehr ähnlich – oder umgekehrt. Sie hat gesagt, du wärst genauso wie er zu schlau für diese Welt. Und gleichzeitig nicht schlau genug, um diese große Intelligenz für sich nutzen zu können. Ich weiß, Mom deutet manchmal etwas über das Ziel hinaus. Und

sie gefällt sich auch noch darin. Aber was Jago angeht, stimmt ihre Einschätzung ein bisschen. Das Schlimme ist, ich habe Jago total gekränkt, obwohl ich wusste, wie empfindlich er ist. Es liegt ja gar nicht an seiner Schlauheit, dass er immer wieder Probleme bekommt, sondern an seiner Empfindlichkeit. Und daran, dass er panisch alles unter Kontrolle haben will. Auch wenn er diese Empfindlichkeit und diese Angst wahrscheinlich nur deswegen hat, weil er so viel sieht und versteht – also in gewisser Weise, weil er so schlau ist. Jedenfalls will Jago mich nicht wiedersehen, nachdem ich ein bisschen auf seinen wunden Punkten herumgetrampelt bin. Eigentlich wollte ich ihm nur beweisen, dass ich ihn auch durchschaut habe, genau wie er mich. Aber gleichzeitig war es auch ein Machtkampf. Und ich habe viel zu hart zugeschlagen. Es tut mir alles so leid.
Meine Freundin Li meint, der kriegt sich schon wieder ein. Aber das glaube ich nicht. Ich glaube, von selbst kommt da gar nichts mehr. Ich muss irgendetwas machen. Aber ich weiß nicht, was. Wenn er doch nur nicht so extrem eingeschnappt wäre.
Hast du eine Idee?
Liebe Grüße
Lucky

Diesmal bleibe ich am Laptop sitzen und warte auf die Antwort. Und ich habe Glück, schon eine Stunde später kommt eine Mail von Jean.

Lovely Lucky,
ich habe mich so sehr über deine Mail gefreut. Und über das Vertrauen, dass du mir entgegenbringst! Ich gebe mein Allerbestes, um dir zu helfen. Auch wenn du dir denken kannst, dass einer, der gleichzeitig zu schlau und zu dumm für diese Welt ist, auch nicht immer genau richtigliegt.
Was die Charakterisierung deiner Mutter angeht, hat sie, wie du vielleicht schon raushörst, genau ins Schwarze getroffen. Und wenn dein Freund so ist wie ich, dann kann ich sehr gut nachvollziehen, was in ihm vorgeht.
Ich würde sagen, du hast ihm dadurch imponiert, dass du seine wunden Punkte herausgefunden hast. Denn die hält er wahrscheinlich extrem gut unter Verschluss. Gleichzeitig hat es ihm eine Höllenangst eingejagt, dass du dein Wissen als Waffe gegen ihn benutzt hast. Er weiß jetzt, dass du wirklich Macht über ihn hast. Und die Frage ist, ob er mutig genug ist, sich dem zu stellen. Klingt das alles zu psychologisch? Zu erwachsen? Keine Ahnung, ich mache mal weiter.

Also, wenn du ihn wiedergewinnen willst, dann zeig ihm, dass du begriffen hast, wie er funktioniert und dass er trotz seiner Schwächen und Ängste bei dir sicher ist. Er muss wissen, dass du deine Macht nie wieder ausspielst.

Ich nehme mal an, du hast nicht aus heiterem Himmel auf seinen wunden Punkten herumgetrampelt. Wahrscheinlich hat er vorher auch bei dir einen wunden Punkt getroffen, stimmt's? Vielleicht hat er auch irgendetwas von dir gefordert, das du ihm nicht geben wolltest oder konntest.

Lange Rede, kurzer Sinn: Zeig ihm einfach, dass du bereit bist, wieder auf ihn zuzugehen. Und dass du auch andere Wege draufhast, als zurückzuschlagen. Aber behaupte es nicht einfach, sondern beweise es. Zeig es durch irgendeine Aktion, in der du über deinen Schatten springst oder über dich hinauswächst. Verstehst du, was ich meine? Taten bedeuten tausend Mal mehr als Worte, so viel ist mir in meinem langen Leben, in dem ich gleichzeitig oft zu schlau und oft zu dumm war, klar geworden.

Ganz viel Glück dabei, ich drücke dir die Daumen.

Dein Jean

15

LI LÄSST NICHT LOCKER. Sie will, dass ich das Mathereferat schon morgen halte. Angeblich soll Schnelligkeit bei der Wiedergutmachung von schlechten Noten einen Top-Eindruck machen. Wir sitzen an ihrem Schreibtisch, und ich starre auf das Poster von dem Mega-Schreibtisch vor uns. Irgendwie bringt mich diese aufgeblasene Version des eigenen Arbeitsplatzes auch nicht weiter. Li streift ihre Biker-Boots von den Füßen und legt die Strumpfhosenbeine auf den Tisch. Sie trägt heute Jeans-Shorts, Karohemd und rote Mütze, und ich frage mich, welchem Star sie diese Zusammenstellung bei *Klau den Look der Stars* abgeguckt hat.

Eigentlich habe ich nicht die geringste Lust, das Internet nach Pythagoras-Infos abzusuchen. Aber ich ziehe das jetzt durch und schaue erst mal bei Wikipedia vorbei.

»Hier steht, dass Pythie vielleicht gar kein Mathematiker war«, stöhne ich. »Eventuell war er auch eine Art Hardcore-Esoteriker oder Schamane. Da sind sich die Pythie-Forscher nicht ganz einig.«

»Echt jetzt? Ist denn hier auf keinen mehr Verlass?« Li runzelt die Stirn, sodass ihre rote Mütze noch ein Stückchen tiefer rutscht.

»Dann schreib doch nur über den Satz des Pythagoras. Und nicht über den Typ. Das scheint mir für ein Mathereferat sowieso angebrachter zu sein.«

Sie beginnt allen Ernstes, mir den Satz zu erklären, und gerät dabei richtig in Verzückung. »Ist das nicht toll, dass in der Mathematik alles so logisch ist?! Man kann sich auf diese Formeln tausendprozentig verlassen! Ich wünschte, im wahren Leben gäbe es auch irgendetwas mit bombensicherer Verlassgarantie.«

Nicht zu fassen, dass sie schon mit vierzehn Jahren die Dinge in ihrem Leben felsenfest einbetonieren möchte. Vielleicht liegt es ja an ihrer Unsicherheit, denke ich. Oder Li hat irgendwelche schlechten Erfahrungen gemacht.

Ich schaue in ihr Gesicht mit der kleinen Stupsnase und dem schön geschwungenen Mund, dessen Winkel immer ein kleines bisschen nach oben gebogen sind, egal, in welcher Stimmung sie sich gerade befindet. Eigentlich traut man ihr bei diesem Schmunzelgesicht gar keine schlechten Erfahrungen zu.

»Was war eigentlich zwischen dir und Jago?«, frage ich und behalte die Mundwinkel im Blick. Tatsächlich rutschen sie ein paar Millimeter nach unten.

Li kratzt sich am Kopf. Dann nimmt sie die Mütze ab, und ihre elektrisch geladenen Haare stellen sich knisternd nach allen Seiten auf, so als hätte sie unzählige kleine Antennen ausgerichtet, die feinste Frequenzen wahrnehmen. Doch statt mir ein bisschen was über ihre eigenen Jago-Gefühle zu verraten, sagt sie tatsächlich: »Du bist immer noch verliebt in ihn!« So als handele es sich auch dabei um eine bombensichere Information mit Verlassgarantie, die sie soeben über ihre haarfeinen Sensoren erhalten hat.

»JETZT HÖR DOCH MAL AUF! Können wir ausnahmsweise mal über dich reden? Über deine Geschichte mit Jago?«

»Über mich?«, fragt sie, so als wäre das vollkommen abwegig. Und nach einer kurzen Denkpause erklärt sie: »Ich bin nicht mehr verliebt in ihn.« Doch dann erzählt sie so ganz nebenbei, ihre Familie hätte mal mit der Jago-Familie eine **New-York-Reise** gemacht.

»WAS?!« Ich kann es nicht fassen. »Das sagst du mir jetzt erst? Du warst mit ihm in Amerika?«

»Na ja, ich rede nicht gerne darüber. Immerhin ist es nicht gut für mich ausgegangen.«

Li will tatsächlich erst das Referat fertigmachen, bevor sie irgendwelche Einzelheiten verrät. Sie ist der vernünftigste Mensch, den ich kenne. Vielleicht will sie mich ja auch erziehen, wer weiß. Sie denkt bestimmt, ich habe schlechte Noten, weil ich mich ständig ablenken lasse und total undiszipliniert bin. Das stimmt natürlich. Aber ich gebe es nicht gerne zu. Außerdem soll sie nicht denken, ich wäre total scharf auf ihre Jago-Romanze.

Weil ich nicht den Eindruck vermitteln will, als wäre **ich** in ihn verliebt. Am Ende stimmt auch das noch. Aber das möchte ich erst recht nicht zugeben. Das gebe ich ja nicht mal vor mir selbst zu!

Also werkeln wir zwei Stunden an dieser Pythie-Story, bis sie endlich fertig ist und ich zur Belohnung die Jago-Story hören darf.

Li macht einen richtigen kleinen Roman daraus und beginnt an der Stelle, als die Jago-Familie und die Li-Familie zusammen im Flugzeug sitzen. Klar werden die Kinder zusammengesetzt – wie man das mit Kindern so macht. Aber Jago war angeblich so unterhaltsam wie ein trockenes Brötchen.

»Stell dir vor, er hatte ein aufblasbares Nackenhörnchen, Ohrstöpsel und eine Schlafmaske dabei, um nach dem Essen sofort die Schotten dichtmachen zu können!«

Mit seinen Schlafutensilien sah er angeblich aus wie eine Kreuzung aus einem Pferd mit Scheuklappen und einem Hund mit Halskrause. In jedem Fall wollte er wohl keine freundschaftlichen Gefühle aufkommen lassen.

»Wahrscheinlich, um den Verkupplungsversuchen unserer Mütter entgegenzuwirken«, überlegt Li. »Denn die waren immer schon scharf darauf, dass Jago und ich eines Tages ein glückliches Paar werden. Am besten für immer, damit man weiter lustige Familienausfüge mit vielen kleinen Enkelkindern machen kann.«

So viel zum Thema

Das-Leben-gleich-mal-einzementieren.

Irgendwie macht mich Lis Erzählung kribbelig, weil sie aus einer Welt stammt, zu der ich echt nicht dazugehöre.

»Und wann kam jetzt das schlimme Ende?«, versuche ich die Sache abzukürzen.

»Warte doch mal ab. Bis zu dem Moment war ich ja nicht mal in Jago verliebt. Im Gegenteil.«

Jagos Anblick hat Li angeblich total abgeturnt. Aber dann flogen sie mitten in der Nacht in ein Unwetter, und die Maschine wurde ordentlich durchgerüttelt. Jago hatte seine albernen Abschottungs-Accessoires immer noch an und tat so, als würde er einfach weiterschlafen. Aber das konnte nach Lis Berechnungen eigentlich nicht sein. Irgendwann hat sie dann vor lauter Panik nach seinem Arm gegriffen. Und da ist Jago vom Muffel zum einfühlsamsten Menschen der Welt mutiert.

»Er hat alle seine Sinnesorgane wieder freigelegt und war hundertprozentig für mich da«, berichtet Li und scheint davon beinahe so entzückt zu sein wie vom Satz des Pythagoras. »So was habe ich noch nie erlebt!«

Erst hat er mit Humor versucht, Lis Panik wegzuwitzeln. Er hat ihr extrem lustige Begebenheiten aus seinem eigenen Flugangstleben erzählt. Obwohl man ihm seine Panik laut Li überhaupt nicht anmerkte. Als ihm die Geschichten langsam ausgingen, hat er es mit ein paar Zahlen und Fakten versucht. So was wie: **Es ist wahrscheinlicher, beim Drachensteigenlassen zu sterben als beim Flugzeugfliegen. Die Gefahr liegt bei eins zu hundertfünfundzwanzig Millionen.**

»Der kannte sich echt aus in dem Thema! Und der fand genau die richtigen Worte, um mich zu beruhigen.«

»Helfersyndrom«, knurre ich.

Li nickt. »Ich weiß«, seufzt sie.

Ich kann mir genau vorstellen, wie Jago zur Hochform aufgelaufen ist. Und ich spüre einen Stich im Bauch, so sehr vermisse ich ihn plötzlich. Ein bisschen bin ich auch eifersüchtig, dass er seine verliebenswerte Art auch bei irgendwelchen anderen Leuten anwendet und nicht exklusiv für mich entwickelt hat.

»Könntest du vielleicht zur Sache kommen?«, frage ich.

»Das ist doch die Sache«, erklärt Li. »Ich habe mich trotz meiner schrecklichen Flugangst total in ihn verknallt. Und ich sage dir, es war echt crazy, vor Panik total zu verkrampfen und gleichzeitig das Herz aufzumachen. Aber er war einfach zu süß!«

Li hält mir einen Vortrag darüber, dass es psychologisch gesehen ganz normal ist, sich in außergewöhnlichen Situationen zu verlieben. Es gab sogar mal eine Studie zu dem Thema. Da sind sich Männer und Frauen auf einer morschen Hängebrücke in einem Hochseilgarten begegnet. Die haben sich trotz Höhenangst viel häufiger ineinander verliebt als Vergleichspaare, die in der Fußgängerzone zusammenkamen. Gut, dass Li auch ihre Jago-Liebe mit irgendwelchen mathematischen Gesetzen erklären kann.

»Und wie ging es dann in New York weiter?«, frage ich, um endlich zum Ende der Geschichte zu kommen.

Wieder sacken Lis Mundwinkel ein paar Millimeter in Richtung Karohemd. »Ich dachte, er wäre auch verliebt, so wie er sich im Flugzeug um mich bemüht hat. Aber da hatte ich mich wohl geirrt. Es kam einfach nichts mehr auf zwischen uns. Wir haben zusammen die tollsten Orte besucht, das Rockefeller Center, Chinatown, den Central Park. Du weißt schon was ich meine …«

Ehrlich gesagt weiß ich nicht, was sie meint. Ich war noch nie in New York. Aber ich nicke.

Li erzählt, dass sie ihm trotz seiner abgekühlten Art immer hinterhergedackelt ist. Und einmal hat sie ihn sogar zur Rede gestellt und ihm ihre Liebe gestanden.

»Das war der peinlichste Moment meines Lebens. Weil Jago aus allen Wolken gefallen ist. Weißt du, ich bin wohl einfach nicht sein Typ. Zu normal oder so. Ich bin einfach nicht wie du, verstehst du?«

»Aber mich liebt er doch gar nicht. Er liebt Sweety, die Normalste von allen«, versuche ich sie zu trösten.

Li nickt. »Da hast du auch wieder recht.« Dann gibt sie **Toni Berlinger** bei Facebook ein und zeigt mir ihre Profilbilder. Sweety zieht einen Schmollmund nach dem anderen. Ihr Schlafzimmerblick ist von falschen Wimpern verhangen, und ihre Klamotten sind so eng, dass man schon beim Hinsehen Beklemmungen bekommt.

»Unfassbar«, stöhnt Li. Und ich bin mir nicht ganz sicher, ob sie wirklich über Jago hinweg ist.

»Soll er doch seine Uschi Steilzahn lieben«, erkläre ich und klappe ihren Laptop wieder zu.

Aber Li hat immer noch nicht genug von dem Thema. »Ich glaube, Jago braucht einfach eine Aufgabe. Und die sucht er sich immer bei anderen. Dann blüht er richtig auf. Denn wehe, er ist mal auf sich selbst zurückgeworfen. Du weißt schon, dann kommt er gar nicht klar. Scheuklappen, Ohrstöpsel und so weiter.«

Ich überlege, ob sie recht hat.

»Meinst du, er hat sich nur um mich gekümmert, weil ich so dringend Hilfe brauchte?«, frage ich.

»Ich meine, dass du natürlich eine Top-Aufgabe bist. Aus dir lässt sich so viel rausholen.«

Irgendwie gefällt mir der Gedanke nicht, dass ich für Jago nur so ein Mittel zur Ablenkung von sich selbst sein soll. Aber Li bleibt dabei.

»Bei dir sieht man den Diamanten unter all den anderen Steinschichten schon durchblitzen«, meint sie. »Das ist total reizvoll.«

»Was? Das ist jetzt nicht dein Ernst?!«

Durch Lis Hautschichten blitzt augenblicklich das Blut durch, das ihr in den Kopf schießt, und sie zieht hektisch die Mütze wieder auf.

»Weiß auch nicht, das hört sich bestimmt komisch an«, sagt sie.

»Deswegen bist du also immer so nett zu mir? Weil du es **reizvoll** findest, an mir **herumzuschleifen**?«

»Bin ich das?«, fragt sie leise. »Bin ich wirklich zu nett?«

Unglaublich, dass sie immer denkt, sie wäre **zu sehr**

irgendetwas. Zu normal, zu nett … Wie in der Werbung von *Ben & Jerry's*: von allem zu viel.

»Nein, einfach nur **so** nett. Ich hatte **so** gesagt.«

Li findet, man braucht zum Nettsein keinen Grund. Sie meint, es würde doch viel mehr Spaß machen, nett zu sein, als nicht nett zu sein. Ehrlich gesagt haut mich dieser Satz ganz schön um. Was, wenn sie recht hat? Und ich habe es immer andersrum gesehen.

Li ist sogar so nett, dass sie mir ihre Hilfe beim Jago-Zurückerobern anbietet. Und das, obwohl sie vielleicht selber noch ein kleines bisschen in ihn verliebt ist.

Als Zeichen meiner Dankbarkeit und meines Vertrauens zeige ich ihr die Mail meines Vaters, der ja schon ein paar Wiedergewinn-Ideen entwickelt hatte. Wenn auch sehr schwammige.

Kaum dass es wieder um mich und meine Probleme geht, wirkt Li viel selbstsicherer. Sie zieht zum zweiten Mal die Mütze vom Kopf. Dann will sie haarklein alles wissen, was zur Trennung von Jago und mir geführt hat. Als sie mit dem Ausfragen fertig ist, reibt sie sich die Hände und zieht ihre Schmunzelmundwinkel fast bis zu den Ohren.

»Dein Vater hat recht, es muss ein Beweis her. Du musst Jago beeindrucken, indem du zeigst, dass du dich ändern kannst. Dass das, was er an dir kritisiert hat, gar nicht stimmt.«

Ich schaue Li ungläubig an, aber sie nickt nur selbstgefällig vor sich hin. »That's it!«

»Du meinst, ich muss mich komplett ändern, um ihn zurückzubekommen? Ist das nicht ein bisschen viel verlangt?«

»Nicht, wenn es sich um eine konzentrierte Aktion handelt. Eine Sache, die vielleicht nur eine Stunde dauert. Eine Stunde über deinen Schatten springen kriegst du doch hin, oder? Und danach kannst du selbst entscheiden, ob du wieder die Alte werden willst oder nicht.«

Ich überlege, ob ich eine Stunde lang mein Gegenteil sein könnte. Und welchen Sinn das machen würde. Klar könnte ich. Ich bin schließlich Schauspielerin. Aber will ich das?

»Und was ist mit **be yourself**? Das predigen sie einem doch in jeder Castingshow.«

Li denkt kurz nach. »Okay, wenn jeder er selbst bleibt, dann kommt ihr bestimmt nicht wieder zusammen«, sagt sie trocken. Das macht irgendwie Sinn.

Den Rest des Nachmittags bringen wir damit zu, uns eine kurze, aber hocheffiziente Aktion auszudenken. **Ein konzentrierter Eingriff mit nachhaltiger Wirkung**, wie Li es nennt. Etwas Beeindruckendes, das Jago aus der Reserve lockt.

»Auf jeden Fall muss klar werden, dass du dir für nichts zu schade bist, um ihn wiederzugewinnen«, erklärt Li mit erhobener Stupsnase. »Du musst ein Mal kurz von deinem hohen Ross absteigen, okay?«

Li hat gut reden!

16

DIE GARDEROBE von *Still loving you* ist in Baucontainern auf dem Studiogelände untergebracht. Das Ganze befindet sich mitten in einem Industriegebiet und ist auf den ersten Blick kaum vom Autozubehörlieferanten nebenan zu unterscheiden. Dementsprechend ernüchtert wirkt das Studio-Publikum, das extra mit Bussen hierhergekarrt wird. Ich kann nicht glauben, dass ich das hier wirklich mache.

Sie haben vorab einen kleinen Trailer gedreht, in dem *Lucky in Love* angekündigt wird. Und sie haben mich als Liebeskummer-Kandidatin inszeniert, die sich ganz groß entschuldigen will. Mir soll's recht sein. Je trashiger, desto besser. Dies hier ist die uncoolste Aktion, die ich je gemacht habe, das allergrößte Zugeständnis ever. Wenn mir irgendjemand Überheblichkeit vorgeworfen hat, dann wird er spätestens heute seine Meinung ändern müssen. Das hier ist die größte **Gegen-den-Strich-Besetzung** meines Lebens, und ich kann nur hoffen, dass meine Aktion nicht umsonst ist. **Lucky in Love**, die angekrochen kommt und um Verzeihung bettelt. Und zwar in einer Sendung, gegen die *Die zehn traurigsten Frühstarts* bestimmt einen Haufen Anspruchspunkte bekäme.

Wenigstens konnte ich mich gegen die Garderobiere durchsetzen, die mir als Kontrast zum petrolfarbenen Studiointerieur einen senfgelben Blazer anziehen wollte.

Li ist bei mir und fast noch aufgeregter als ich selbst. »Dass du dich das traust«, sagt sie alle zwei Minuten.

»Wer hat mir denn dazu geraten?!«, zische ich sie an.

Durch die dünnen Wände des Containers hört man bereits, wie das Publikum von so einem Animationskasper in Schwung gebracht wird. Sie müssen Klatschen üben.

»LAUTER! NOCH LAUTER! ICH HÖR NICHTS!«

Dann beginnt die Sendung, die man über Monitore auch in den Containern sehen kann. Kurz nach der Anmoderation von Mandy Schellack wird auch schon mein Trailer eingespielt.

Man sieht mich verzweifelt in die Kamera sprechen. Dass ich nicht mehr die Alte bin. Und dass ich in den letzten Tagen alles getan habe, um das zu beweisen. Frau Adam kommt zu Wort, die bestätigt, dass ich meine Mathenote auf eine Fünf anheben konnte und somit versetzt werde.

Ich sehe den zusammengeschnittenen Trailer hier zum ersten Mal. Angeblich war er nicht früher fertig geworden. In Wirklichkeit hatten die Leute von der Produktion wahrscheinlich Angst, dass ich im letzten Moment noch abspringe, wenn ich dieses peinliche Winsel-Video vorher sehe.

Auch Mom ist zu sehen. Sie erzählt, was für ein toller Kerl Jago ist, und hält beinahe dieselbe Rede, die sie damals im Restaurant gegenüber Sweety über Jago gehalten hat.

Es wird ein Schreiben von der Filmproduktion eingeblendet, aus dem hervorgeht, dass ich aus persönlichen Gründen eine Woche lang freigestellt worden bin. Sollte Ron Hellinger mich in dieser peinlichen Sendung sehen, wird er sein Zugeständnis bestimmt bereuen.

Zum Schluss des Einspielers singe ich sogar einen Song für Jago. Und zwar *Don't give up on me* von Solomon Burke.

Noch bevor ich den Song zu Ende gesungen habe, steht auch schon die Produktionsassistentin in der Tür und will mich abholen. Zwei Sekunden später bin ich auf dem Weg zum Saal. »GOOD LUCK, LUCKY!«, ruft Li mir mitleidig hinterher. Dann geht die hydraulische Studiotür auf, und ich trete vor ein wahrscheinlich gekauftes Publikum, das nach dem Trailer schon ganz gespannt ist, live in meine Abgründe zu schauen. Ich denke daran, was Toller mal über Jago gesagt hat: dass er sich immer irgendwo Löcher gräbt, aus denen man ihn mühselig wieder rausholen muss. Aus diesem Loch wird mich wahrscheinlich niemand mehr ausbuddeln, wenn die Sache schiefläuft. Aber es ist zu spät zum Abdrehen. Also gehe ich auf das weinrote Sofa zu, vor dem Mandy Schellack steht und mich mit ebenso samtigen, weinrot geschminkten Lippen anlächelt.

Begleitet wird mein Gang auf das Sofa des Grauens von dem Applaus dieser Leute, die mich zittern, bangen und weinen sehen wollen. Das Schlimme ist, mir ist tatsächlich nach alldem zumute.

»Du hast also einen Freund verloren«, begrüßt mich Mandy. »Kannst du uns kurz erklären, wie es zu dem Bruch zwischen euch gekommen ist?«

Mir schnürt es die Kehle zu. Das kriegst du nicht hin, höre ich Stimme Nummer eins hämisch in meinem Kopf lachen. Du wirst kein einziges Wort rausbringen. Dazu bist du viel zu stolz, und das ist gut so. Tritt der Medientante vors Schienbein und hau ab!

Aber auch die andere Stimme mit ihren Gegenargumenten meldet sich zu Wort: Du bist Schauspielerin. Du kannst alles spielen. Auch das hier. Es ist nur eine Rolle. Und du setzt dein Talent für einen guten Zweck ein. Die Sendung ist schrecklich, aber der Zweck ist cool.

Dann mache ich den Mund auf und sage all das, was man von mir hören will. »Ich war nicht fair zu Jago. Und ich habe es so bereut. Er hatte mich durchschaut, besonders meine Schwächen. Und er wollte mir helfen, über mich hinauszuwachsen. Er wollte, dass ich bei einer Rolle in einem Kinofilm durchhalte, obwohl ich mich in dem Film in einen Typen verlieben soll, den ich echt nicht ausstehen kann.«

Mandy nickt, als wüsste sie genau, wovon ich spreche. Dabei könnte ich schwören, dass niemand hier im Saal auch nur den geringsten Schimmer von dem hat, was in mir vorgeht. Egal.

»Aber statt seine Hilfe anzunehmen, habe ich einfach nur seinen wunden Punkt gesucht, um ihn fertigzumachen«, erkläre ich weiter. »Ich habe ihn absichtlich verletzt, nur weil ich dachte, **er** wollte **mich** verletzen.«

Mandy nickt immer noch mit wohlwissender Miene. »Und jetzt möchtest du dich bei ihm entschuldigen? Mit diesem Video? Und dem Lied, das du für ihn gesungen hast?«

Ich nicke. »Sieht so aus. Aber es ist mehr als das. Ich möchte ihm zeigen, dass er recht hatte. Und dass ich mich geändert habe.« Ich hole tief Luft, bevor ich endlich ehrlich werde: »Normalerweise würden mich keine zehn Pferde in so eine blöde Sendung hier bringen. Ich meine, ich hasse billige Shows, die mit dem Herzschmerz von irgendwelchen armen Leuten Kohle machen.«

Mandy Schellack zieht die Augenbrauen hoch. Dieses Geständnis war natürlich vorher nicht mit ihr abgesprochen.

»Sagen wir so: Ich war einfach zu cool für diese Welt. Aber Jago ist mir tausendmal wichtiger als mein Stolz. Das habe ich kapiert. Und um ihm das zu beweisen, bin ich jetzt hier.«

Es dauert einen Moment, bis Mandy wieder zu ihrem Nicken zurückgefunden hat. Dann legt sie mir die Hand mit dem dicken goldenen Ehering auf meine Schulter und sagt etwas, das meine mühsam gespielte Souveränität komplett ins Wanken bringt.

»Im Gegensatz zu dir mag Jago unsere Sendung allerdings ganz gerne, stimmt das?«

Ich starre sie ungläubig an. Denn diese Tatsache hatte ich ihr verschwiegen. Meinetwegen können sie alle Peinlichkeiten von mir hier senden, aber Jagos Privatsphäre wollte ich schützen.

»Woher wollen Sie das wissen?«

Der weinrote Samtmund zieht sich zu einem breiten Siegerlächeln in die Länge. »Wir haben ein bisschen recherchiert.«

»Bei wem?«, frage ich mit brüchiger Stimme.

Doch Samtschnute lässt sich nicht aus der Ruhe bringen. »Kennst du einen gewissen Toller?«

»Sie haben bei Toller, dem Verräter, angerufen?«

Plötzlich höre ich wieder ganz laut Stimme Nummer eins in mir: Tritt der Medientante vors Schienbein und hau ab!

Es ist zu spät. Die Scheinwerfer suchen bereits im Publikum herum, und die Kamera schwenkt hinterher. Wenige Sekunden später haben sie den grinsenden Toller ins Visier genommen. Zusammen mit der Person, die neben ihm sitzt und käseweiß zu mir herunterstarrt. Es ist Jago, der wohl von seinem Verräterfreund unter falschen Vorzeichen hier hingelockt worden ist und nun vor die Kamera gezerrt werden soll.

Mandy Schellack bittet die beiden zu uns aufs Sofa. Und wie damals bei meinem Satansbratenauftritt im Stadtgarten geht Toller schwungvoll voran, während Jago wie ein Zombie hinterhertrottet. Er sieht aus wie ein Schlafwandler, der nur zufällig den Weg auf die Bühne zu finden scheint.

»Du hattest Toller ja informiert, dass wir diese Sendung aufzeichnen«, erklärt der Samtmund, während die beiden angerückt kommen. »Damit er dafür sorgt, dass Jago sich die Folge in jedem Fall anschaut.« Sie zwinkert mir mit ihren perlmuttfarben geschminkten Augen zu.

»Ja und?«

»Na ja, Toller hat die Gunst der Stunde genutzt. Er wollte einfach noch einen oben draufsetzen und Jago direkt ins Studio mitbringen.«

Mandy scheint langsam zu merken, dass mir diese unerwartete Wendung der Geschichte kein bisschen recht ist. Jedenfalls legt sie wieder ihre Hand auf meine Schulter und findet, ich solle mir keine Sorgen machen. »Es kommt alles so, wie es kommen soll.«

Als die beiden endlich bei uns auf dem Sofa sitzen, nimmt Mandy Toller zur Seite, weil der Fokus nun ganz auf Jago und mir liegen soll. Wahrscheinlich zoomen die Kameras gerade an uns heran, und in der Regie beobachten sie jede winzige Regung in unseren Gesichtern, die Aufschluss darüber geben könnte, ob Jago mir verzeiht oder nicht. Ehrlich gesagt, suche auch ich in Jagos Gesicht nach irgendwelchen Verzeih-Spuren. Aber er sieht einfach nur schockiert aus. Doch dann macht er etwas, was ich ihm nie im Leben zugetraut hätte. Er kommt auf mich zu und nimmt mich in den Arm. Vielleicht braucht er auch einfach nur eine Stütze, um nicht wegzuknicken, wer weiß. Jedenfalls ist er plötzlich mit seinem Mund ganz nah an meinem Ohr. So nah, dass kein Richtmikrofon dieser Welt seine Worte hören kann. »Was machst du denn hier? Bist du irre geworden?«, flüstert er.

Mir fällt nichts Besseres ein als mein altbewährtes »Komm, lass uns abhauen!« zurückzuflüstern.

Aber er schüttelt den Kopf. »Wie sieht das denn aus? Lass dir etwas einfallen, um irgendwie cool aus dieser Nummer wieder rauszukommen!«

Unsere Umarmung sieht bestimmt so aus wie ein überdimensionales Versöhnungskuscheln, so lange dauert sie jetzt schon an. Im Publikum werden die Ersten unruhig. Und aus den Augenwinkeln sehe ich Mandy um uns herumschleichen. Sie macht ein Gesicht, als wollte sie nicht stören und dennoch dezent auf die Zeit und die Dramaturgie der Sendung hinweisen.

Als wir uns schließlich wieder loslassen, wird Jago befragt, wie er nun zu mir steht. Er druckst ein bisschen herum. Und dann sagt er: »Dein Versöhnungsangebot weiß ich echt zu schätzen. Aber ich werde nicht weiter dein Coach sein können.«

Er grinst, als er das sagt, während es mir gerade den Boden unter den Füßen wegzieht. Ich kann nicht verstehen, wie Jago mir grinsend vor einem Millionenpublikum von gelangweilten Nachtmittagsfernsehguckern so eine Absage erteilen kann. Fassungslos starre ich in sein Gesicht, das sogar wieder Farbe angenommen hat. Und ich spüre, wie die Tränen in mir aufsteigen. Jetzt nicht heulen! Jetzt bloß nicht heulen! Ich sehe, wie Mandy tief Luft holt. Wahrscheinlich, um ihren üblichen Mitleidsspruch von sich zu geben. So was wie: **Da kann man wohl nichts machen! Freundschaft kann man eben nicht erzwingen. Aber einen Versuch war es wert.**

Ich möchte nur noch weglaufen. Gleichzeitig wird mir klar, dass ich dafür gar nicht die Kraft habe. Jago scheint zu merken, dass etwas mit mir nicht stimmt.

»Warum nicht?«, höre ich mich plötzlich laut und unendlich traurig sagen, während die Stimme in meinem Kopf noch viel lauter dagegenhält. Ist doch vollkommen egal, warum! Er will dich nicht. Du bist nicht Sweety. Er hat zwar auch in deine Seele geguckt, und zwar ganz ohne sich durch Make-up-Spachtelmasse durchkämpfen zu müssen. Aber dich liebt er eben nicht.

»Ich sage dir, warum!«, höre ich Jago hektisch rufen. Aber seine Worte sind schon weit entfernt. Ich will es eigentlich gar nicht wissen. Nie wieder werde ich jemanden so nah an mich heranlassen. Ich werde nicht mein Leben lang wie Mom auf den **man I love** warten.

»Lucky, hör mir zu. Hör mir doch erst mal zu!«, höre ich Jago rufen. Doch er ist schon kilometerweit weg. So als wäre er auf einem Floß, das immer weiter aufs offene

Meer hinaustreibt. Oder bin ich es, die auf dem Floß ist? Wahrscheinlich treibe ich ab, während er festen Boden unter den Füßen behält. So ist es doch immer.

Ich nehme meine letzte Kraft zusammen. Ich weine nicht, und ich schwanke auch nicht, sondern ich gehe aufrecht zu dieser hydraulischen Studiotür, die sich zum Glück automatisch vor mir öffnet. Dann schreite ich durch die Containerlandschaft raus in dieses Industriegebiet, immer geradeaus in der Hoffnung, dass irgendwo eine Bahnstation oder eine Bushaltestelle kommt.

Als ich schon eine ganze Weile gegangen bin, höre ich plötzlich ein Keuchen hinter mir und das hektische Klackern von Absätzen auf dem Asphalt.

»LUCKY!«, höre ich Li rufen. »JETZT WARTE DOCH MAL!« Sie ist vollkommen außer Atem. »Warum bist du denn einfach abgehauen? Wolltest du mich da sitzen lassen?«

»Sieht so aus«, zische ich, ohne mich umzudrehen. Inzwischen hat Li mich eingeholt. Sie baut sich vor mir auf und stemmt die Arme in die Seiten.

»Ich habe die Aufzeichnung am Monitor verfolgt«, sagt sie. »Oh Mann, es tut mir so leid! Dabei sah es ja erst nach ganz großer Versöhnung aus! Warum wolltest du dir denn Jagos Begründung nicht mehr anhören?«

»Lass uns einfach nicht mehr drüber sprechen, okay? Ich bin echt nicht in der Verfassung, dass jetzt hier durchzuanalysieren.«

Li nickt. Dann stapfen wir eine Weile schweigend nebeneinander her. Kurze Zeit später hält ein Wagen von der Produktion neben uns. Es ist der Regieassistent, der die Scheibe herunterlässt und darauf besteht, Li und mich nach Hause bringen zu dürfen. Er leiert ein paar gelernte Beschwichtigungsformeln herunter. »Hey, Kopf hoch, du bist jung, das ganze Leben liegt noch vor dir.«

Li nickt ganz aufgeregt zu seinen Worten, so als würde der Typ ihr aus der Seele sprechen. Ich nehme mir vor, für heute gar nichts mehr zu sagen. Und möglichst auch gar nichts mehr zu denken. Doch das ist nicht so einfach, denn als ich zu Hause ankomme, springt mir Mom wissbegierig entgegen.

»Lucky Luke, wie war's?«

Zu allem Überfluss hat Mom auch noch Besuch. Am Tisch sitzt ein Herr im Anzug, mit Kuchengabel und Mokkatässchen bewaffnet. Irgendwie kommt mir der Typ bekannt vor.

»Jetzt erzähl schon«, sagt Mom. »Wie ist es gelaufen?«

Ich schüttle nur den Kopf.

»Ist Jago etwa nicht vor dir auf die Knie gegangen?«

Wieder schüttle ich den Kopf.

»Das gibt's doch gar nicht!«, findet Mom. »Ich wusste gleich, dass der Typ einen Dachschaden hat. Ich meine, erinnerst du dich an die Nummer unter dem Tisch? Und an diese dämliche Sweety, der er verfallen war?«

Ich nicke und versuche, mich an Mom vorbeizudrücken. Aber sie will mir unbedingt noch Manfred Punkt vorstellen.

»Setz dich doch zu uns. Ich habe russischen Zupfkuchen gebacken.«

Ich kann mich nicht erinnern, dass meine Mutter je irgendetwas gebacken hätte.

»Mamuschka, ich brauche jetzt wirklich meine Ruhe«, flüstere ich ihr zu.

Mom grinst. »Aber Manfred Punkt ist nicht irgendjemand«, flüstert sie zurück. Und dann summt sie ganz leise »**Maybe I will meet him Monday**« in mein Ohr.

Auch das noch. Das darf jetzt echt nicht wahr sein. Zumal tatsächlich Montag ist. Vielleicht habe ich diesen ganzen Tag auch nur geträumt. Und ich wache gleich nass geschwitzt, aber extrem erleichtert in meinem Bett auf. Schön wär's.

Also sehe ich mir mit letzter Kraft diesen Manfred etwas genauer an. Und dann erkenne ich ihn. Es ist der Typ, den meine Mutter neulich vom Rad geholt hat. Der mit schmerzverzerrtem Gesicht auf dem Gehsteig lag und Flüche alter Schule gegen sie losgelassen hat.

»Himmel, Arsch und Zwirn«, sage ich zur Begrüßung. Dann verabschiede ich mich in aller Form und verschwinde endlich in mein Zimmer. Sollen die beiden doch glücklich werden. Soll doch die ganze Welt außer mir glücklich werden.

17

AM MITTWOCHNACHMITTAG ist die Übertragung von *Still loving you*. Li wollte kommen, um die Sendung mit mir zusammen zu sehen. Und es war wirklich nicht leicht, sie davon abzuhalten.

Auch Mom meinte, meinen großen Auftritt noch mal nachverfolgen zu müssen. Als ich ihr ebenfalls abgesagt habe, hat sie doch tatsächlich wieder Manfred eingeladen. Und ich will gar nicht nachgucken gehen, ob die beiden sich heimlich *Still loving you* ansehen und mich wohlig bedauern. Stattdessen sitze ich in meinem Zimmer und mache Hausaufgaben. Wäre doch gelacht, wenn ich diese bescheuerte Versetzung nicht hinkriege. Jetzt, wo ich mir ein Bein ausgerissen habe, um noch mal eine Chance zu bekommen. Diesen doofen Film mit dem Brillenschlangen-Regisseur und der Guru-Hose versuche ich auch noch zu stemmen, ganz ohne Coach. Schon allein aus Trotz.

Kurz vor Sendungsbeginn klingelt es. Nicht, dass Mom hier zu einer kleinen TV-Party eingeladen hat?!

»Was willst du denn hier?«, höre ich sie ziemlich unfreundlich rufen. Zwei Sekunden später steht sie völlig aufgebracht bei mir im Zimmer.

»Da ist dieser Typ mit dem Dachschaden vor der Tür«, erklärt sie so laut, dass man es bestimmt bis in den Hausflur hören kann. »Er behauptet, dass er ganz dringend mit dir sprechen muss.«

Ich habe gar keine Chance, mir eine Ausrede einfallen zu lassen, denn da taucht Jago auch schon hinter ihr auf.

»Aufdringlich sein ist eigentlich nicht meine Art«, stammelt er mit einem verpackten Strauß Blumen in der Hand. »Aber in dem Fall geht es einfach nicht anders. Ich muss sicher sein, dass du dir diese Sendung ansiehst.«

Jagos Anblick schnürt mir die Kehle zu, während Mom jetzt erst richtig in Fahrt kommt.

»Kommt gar nicht infrage«, erklärt sie. »Machst einen auf Romantiker und Seelenverwandter und so, und wenn's drauf ankommt, lässt du meine Tochter fallen wie eine heiße Kartoffel.«

Nachdem Mom sich zu Ende aufgeregt hat, bietet sie Jago noch ein Stück russischen Zupfkuchen von vorgestern an. Das ist wieder typisch für sie. Erst groß rumtönen und dann null Konsequenzen daraus ziehen. Jedenfalls verschwindet sie mit den Blumen in der Küche, während Jago den kleinen Fernseher in meinem Zimmer anmacht.

»Was soll das? Reicht es nicht, dass du mich in der

Sendung vorgeführt hast? Willst du mir jetzt noch mal vorführen, wie du mich vorgeführt hast?«

Jago schüttelt den Kopf. »Wie kannst du nur immer alles verdrehen! Erstens: Du hast mich in dieser Sendung vorgeführt, schon vergessen? Ich saß da wie ein Idiot im Publikum und hatte von allem keine Ahnung.«

»Und zweitens?«

»Und zweitens hörst du immer nur das, was du hören willst.«

Ich sehe Mom mit dem alten Kuchen und einem echt schönen Rosenstrauß hinter Jago auftauchen. Sie stellt den Teller ins Regal neben die Tür und die Vase mit den Rosen auf meinen Schreibtisch. Dann schleicht sie sich wieder raus, während Jago hektisch durch die Programme zappt und nach dem Sender sucht. Die Sendung läuft schon. Auf dem Bildschirm liegen wir uns gerade in den Armen. Der Fernseher ist so klein, dass er uns auf Barbiepuppenformat zusammenschrumpfen lässt. Trotzdem verpasst mir das Bild einen Stich ins Herz.

»Jetzt mal echt, warum willst du, dass wir das alles noch mal durchmachen? Das ist Quälerei!«

»Weil du das Ende noch nicht kennst. Du hast mich nicht ausreden lassen. Du wolltest mal wieder viel zu früh das letzte Wort haben.«

»Nur weil ich vor laufender Kamera deine blöde Begründung nicht mehr hören wollte? Reicht es nicht, dass du mich nicht mehr willst? Muss ich mir noch deinen Grund dafür anhören?«

»Was wäre denn der Grund gewesen, warum du Lucky nicht mehr coachen willst?«, fragt Mandy im selben Moment. Ich halte die Luft an und würde mir am liebsten schreiend die Ohren zuhalten.

»Weil ich selber eine Rolle in dem Film bekommen habe«, höre ich den Barbiemann im Fernseher sagen. »Ich spiele jetzt den Typen, in den Lucky sich verliebt.«

Ungläubig starre ich auf den Bildschirm. »**Das ist nicht wahr, oder?**«

»Doch, ist es. Nach unserem Streit bin ich zu Ron Hellinger gegangen. Ich dachte, ich habe nichts mehr zu verlieren. Ich dachte, du würdest sowieso nicht mehr mit Jo weitermachen. Und ich hatte plötzlich so eine Ahnung, dass du recht haben könntest.«

Während der Mini-Jago im Fernseher zusammen mit Toller von der Bühne abtritt, erklärt mir der echte Jago, dass er viel zu viele Kompromisse im Leben gemacht hat. Einmal wollte er auch **Das-alles-oder-nichts-Prinzip** anwenden.

»Ich bin einfach zu Ron gegangen und habe das gesagt, was du sagen wolltest: Entweder er oder ich. Entweder ich darf den Zauberer spielen, oder ihr seht mich hier am Set nie wieder.«

Ich blicke Jago an, als hätte ich eine Erscheinung. »Und, was hat er gesagt?«

»Er hat mich erst für verrückt erklärt. Aber als er merkte, wie ernst es mir ist, wollte er darüber nachdenken.«

Angeblich hat Jago vierundzwanzig Stunden auf Rons

Nachricht gewartet. Dann kam der Anruf. Die Guru-Hose hatte sich in der Zwischenzeit selbst disqualifiziert. Während meiner Pause sollten nämlich ein paar Szenen exklusiv mit Jo gedreht werden, in denen ich nicht vorkomme, erzählt Jago.

»Ich hatte das Gefühl, Ron war sich selber nicht mehr so sicher mit Jo. Darum hat er ihn noch mal auf die Probe gestellt. Und, was soll ich sagen? Selbst hinter den Glasbausteinen vor seinen Augen hat er dann noch mitgekommen, dass Jo keine geniale **Gegen-den-Strich-Besetzung** ist, sondern bloß eine Fehlbesetzung.«

»Und dann hat er einfach dich genommen?« Ich kann es immer noch nicht fassen.

Jago nickt. »Natürlich nicht, ohne mir einen langen Vortrag darüber zu halten, dass er sich nicht erpressen lässt. Und dass diese **Entweder-er-oder-ich-Nummer** echt nicht läuft. Eigentlich hätte er mich wegen des Erpressungsversuchs achtkantig rauswerfen müssen. Wenn er sich nicht erinnert hätte, wie super wir beim Casting zusammen gespielt haben. Hellinger meinte allen Ernstes: **Ich will unbedingt Lucky für die Rolle. Sie spielt genial. Aber leider nur, wenn du mit ihr spielst.**«

Am liebsten würde ich Jago um den Hals fallen. Wenn sich nicht Mom und Manfred heimlich angeschlichen und hinter ihm aufgebaut hätten. Klar haben sie auch das Ende der Sendung gesehen. Und jetzt können sie sich nicht entscheiden, ob sie uns vor Freude überfallen oder sich dezent im Hintergrund halten sollen. Wie zwei peinliche Pantomimeschauspieler versuchen sie, mit Zeichensprache ihre Freude zum Ausdruck zu bringen.

Als auch Jago die beiden bemerkt, gibt es bei Mom kein Halten mehr. Sie schnappt ihn sich und knuddelt den Armen durch, wie sie es sonst nur mit Königin Amidala tut. Kaum dass sie mit ihm fertig ist, nimmt sie sich mich vor. Auch Manfred will nicht gefühlskalt rüberkommen. Er drückt ebenfalls ein bisschen an mir herum und klopft Jago anerkennend auf die Schulter.

»Potzblitz, das nenne ich mal ein Happy End!«, sagt er. »Ende gut, alles gut!«

Als die beiden endlich verschwunden sind, sitzt im Fernsehen längst ein neuer Kandidat auf dem weinroten Samtsofa.

Jago entdeckt den alten Zupfkuchen im Regal und isst ihn mit drei großen Bissen auf. »Das tat jetzt gut«, behauptet er.

»Und warum hast du mir das mit der Guru-Hose nicht gleich erzählt?«, frage ich ihn, während er die letzten trockenen Krümel versucht herunterzuschlucken. »Warum musste ich mich erst in dieser Sendung erniedrigen?«

»Ich wollte es dir erst sagen, wenn der Vertrag unterschrieben ist! Dann wollte ich dich damit überraschen und mich ganz groß bei dir entschuldigen. In aller Form. Weil du doch recht hattest. Man muss nicht alles mit sich machen lassen. Wenn man zu allem Ja und Amen sagt, bekommt man nie was Großes auf die Reihe.«

»Ich kann nicht mehr«, antworte ich und lasse mich auf mein Bett fallen.

Jago behauptet, er wäre auch vollkommen fertig, und legt sich neben mich. Ich schlage sogar vor, eine seiner Atemübungen zu machen. Weil dieses Übermaß an guten Nachrichten mich irgendwie aus dem Gleichgewicht gebracht hat. Für jemanden, der darauf spezialisiert ist, schlechte Nachrichten an sich abprallen zu lassen, ist eine Überflutung mit positiven Nachrichten wie eine Naturgewalt.

Während wir ganz langsam durch das linke Nasenloch Luft in unsere Körper saugen, legt Jago seine Hand auf meinen Bauch. »Schön prall aufblasen«, sagt er. »Wie den dicken Bauch von Buddha himself.«

Ich muss kichern, und nach ein paar Ermahnungen bekommt Jago **himself** auch einen kleinen Kicheranfall. »Wir sind solche Hirnis«, sagt er.

»Wieso musstest du dir auch ausgerechnet *Still loving you* als Lieblingssendung aussuchen?«

Jago rollt sich auf den Bauch und stützt das Gesicht in die Hände. »Du weißt, dass ich die Sendung nur gesehen habe, um mich von meinen eigenen Problemen abzulenken. Es war so eine Übung, die ich mir auferlegt hatte.«

Ich schüttele den Kopf. »Nein, weiß ich nicht. Ich weiß sowieso echt wenig über dich. Zum Beispiel, warum du diese bescheuerte Sweety toll findest.«

»Ja, das steht wohl noch zwischen uns«, bemerkt Jago und hört wieder auf zu kichern.

»Ich weiß, ich weiß, Regel Nummer drei. Aber ich finde, ab jetzt wird nicht mehr nur nach deinen Regeln gespielt. Jetzt haben wir uns schon so viel gesagt. Jetzt können wir auch alles sagen.«

Jago setzt sich im Schneidersitz und mit geradem Rücken an mein Fußende. Dann verschließt er wieder das rechte Nasenloch mit dem linken Ringfinger und saugt panisch die Luft in sich hinein.

Nach drei tiefen Atemzügen erklärt er feierlich »Du hast recht, reden wir darüber.«

Dann erzählt er die ganze Sweety-Geschichte. Vom Sandkasten bis heute. Angeblich war sie die Königin des Kindergartens und die Göttin der Grundschule. Alle wollten mit ihr befreundet sein. Jago hat sie immer nur aus der Ferne angehimmelt. Erst auf der weiterführenden Schule, als Hautunreinheiten und Pubertätsprobleme ins Spiel kamen, bröckelte ihr Image. Es bröckelte genauso wie die viel zu dicken Make-up-Schichten in ihrem Gesicht, die angeblich nur zur Pickelvertuschung dienen. Doch für Jago war sie auch mit Bröckelimage immer noch überirdisch. Und als sie eines Tages, vor genau einem Jahr und einer Woche, an seinem Schließfach stand, ist ihm das Herz in die Hose gerutscht.

»In die Hose?«, frage ich streng. Aber Jago lässt sich nicht beirren.

»Stell dir vor, sieben Tage später haben wir uns zum ersten Mal geküsst. Und Sweety hat mir gestanden, wie verliebt sie in mich ist.«

»Was jetzt, genau heute vor einem Jahr?«

Jago nickt, aber er sieht gefestigt aus.

»Dann habt ihr heute Einjähriges? Und du sitzt hier bei mir?«

»Sieht so aus«, murmelt er.

»Heißt das, du bist über sie hinweg?«

»Sagen wir mal so, in der letzten Woche habe ich mir die Sendung *Auf in ein neues Leben* verordnet. Und ich habe mir im Supermarkt einen Zwölferpack vom *Trunk des Vergessens* gekauft. Du weißt schon, dieser Zauber-Kakao für kleine Jungs. Aber ich glaube, beides war gar nicht mehr nötig.«

Ich muss schon wieder kichern. Doch ich versuche, es innerlich zu tun. Außerdem kann ich das alles gar nicht glauben.

»Aber bei dieser absurden Versöhnungsparty mit den Toller-Sisters, da warst du doch noch bis über beide Ohren … du weißt schon.«

Plötzlich sieht Jago doch wieder panisch aus.

»Wie kommst du denn darauf?«, fragt er.

»Toller meinte doch, du solltest endlich mal rangehen oder so. Und es nicht vergeigen oder dem Zufall überlassen.«

Jago bekommt tatsächlich ein paar rote Flecken am Hals, so als hätte ich ihn überführt. Und in mir meldet sich Stimme Nummer eins: Zu früh gefreut. Wie konntest du auch annehmen, dass er die Wahrheit sagt?! Der Typ ist ein Psycho!

»Hast du etwa gelauscht?«, will Jago wissen.

»Ich war nur auf dem Weg zur Toilette.«

»Du hast also gelauscht!«

»Was jetzt, wollen wir über das Lauschen oder das Vergeigen sprechen?«

Ich glaube, Jago würde tatsächlich lieber ein Nebenthema eröffnen.

»Es ging um ein Mädchen, bei dem ich leider auch wieder keine Chance habe«, gesteht er. »So wie bei Sweety in den ersten zehn Jahren.«

Mein Herz bleibt kurz stehen, bevor es holpernd und stolpernd wieder in Gang kommt wie ein Motor, der abgesoffen war.

Aber die Tatsache, dass er nicht in Sweety, sondern in jemand anderen verliebt ist, bedeutet ja noch lange nicht, dass er auf mich umgeschwenkt ist. Zumal er bei mir ja alles andere als chancenlos ist, bemerkt Stimme Nummer zwei, allerdings schon etwas kleinlauter als vorhin.

Ich ziehe die Beine an mich heran und verwandele mich in ein Päckchen. So wie früher, wenn ich wollte, dass Mom mich in ihre große Handtasche steckt und mitnimmt, wenn sie ausgeht.

»Okay, wie kommst du denn darauf, dass du bei diesem Mädchen keine Chance hast?«, frage ich.

Jago steht auf und geht ein paar Schritte in meinem Zimmer auf und ab. Erst jetzt fällt mir wieder ein, wie viel abgerockter es bei mir aussieht als bei ihm.

»Sie hat es gesagt«, murmelt Jago. »Sie hat gesagt, dass sie eigentlich jeden schrecklich findet. Und besonders die, bei denen Liebesgefahr besteht. Denn sie will sich nicht verlieben.«

Ich bin es also doch! In meinem Kopf pocht das Blut und hämmern die Gedanken. Stimme Nummer eins brüllt wie ein Löwe: Glaub ihm kein Wort. Lass die Finger von dem Typ. Du bist am Ende nur wieder enttäuscht!

Doch Stimme Nummer zwei legt jetzt auch zu: Er liebt dich. Er ist der Einzige, der dich wirklich kennt. Er hat dich voll durchschaut. Und er liebt dich trotzdem. Oder vielleicht sogar gerade deswegen.

»Kann es sein, dass dieses Mädchen **am Anfang** gesagt hat?«, antworte ich nach einer Weile.

Jago blickt sich verwirrt zu mir um. »Vielleicht hast du ja etwas falsch verstanden. Vielleicht hat sie gesagt, dass sie **am Anfang** alle Leute doof findet. Und erst recht die, die zum Verlieben sind. Weil sie sich **eigentlich** nicht verlieben will.«

Sein Gesicht ist immer noch ein lebendes Fragezeichen und voller Grübelfältchen. Doch dann glättet sich seine Stirn langsam.

»Was meinte dieses Mädchen denn wohl mit **die, die zum Verlieben sind**? Ich meine, wie viele sind das denn immer so?«

»Also, wenn ich das Mädchen wäre, würde ich sagen, höchstens einen. Und zwar nur im Geheimen.«

»Und vor diesem einen würde das Mädchen die Sache natürlich auch geheim halten, oder?«

Jagos Gesicht ist inzwischen wieder glatt gebügelt. Und mittendrin leuchten seine Augen, obwohl grau ja eigentlich keine ausgesprochene Leuchtfarbe ist.

»Du meinst echt, ich hätte Chancen bei ihr?«

»Sagen wir mal so, ich glaube, sie müsste nicht extra mit seinem Facebook-Profilbild verliebt gucken üben. Und das würde natürlich auch die Dreharbeiten viel leichter machen. Also nur für den Fall, dass die beiden in einem Film von Ron Hellinger ein verliebtes Paar spielen müssten.«

Dann fallen wir uns um den Hals, und ich muss aufpassen, dass ich Jago nicht so hemmungslos durchknuddele, wie Mom das eben gemacht hat.

»Kriegen wir das hin mit dem Film und dem Verliebtsein?«, flüstert Jago mir ängstlich ins Ohr. »Ich meine, wir sind beide ein bisschen gestört. Und schon eine von den beiden Sachen ist eine Giga-Herausforderung.«

»Vielleicht müssen wir uns eine neue Sendung suchen!«, sage ich lachend. »Zum Beispiel *Raus aus der Psycho-Falle*!«

Auch wenn der Witz nicht besonders genial ist, lachen wir den Rest des Abends darüber. Jedenfalls, wenn wir uns nicht gerade küssen.

Es ist eigentlich noch viel zu früh, als Mom reinkommt und meint, Jago müsse jetzt nach Hause. Schließlich würde morgen ein langer Schul- und Drehtag bevorstehen.

»Woher weißt du denn, dass es morgen schon weitergeht?«, frage ich Mom, die so komisch grinst. Ich sehe Jago an, der ein ähnliches Grinsen auf den Lippen hat.

»Du hast meine Mutter eingeweiht? Ihr habt gemeinsame Sache gemacht?«

Beide schütteln hektisch den Kopf. »NIEMALS!«, sagen sie wie aus einem Munde.

»Dann war also Moms Moralpredigt eben nur gespielt?«

Wieder schütteln die beiden wie wild ihre Köpfe.

»Ihr, ihr seid echt crazy!«

Jetzt verstehe ich auch, wieso Mom eben nach ihrer gespielten Moralpredigt für Jago Kuchen reingereicht hat.

»Du hast auch mit Toller hinter meinem Rücken gemeinsame Sache gemacht«, entschuldigt sich Jago. »Und außerdem musste ich sicher sein, dass du zur Ausstrahlung der Sendung zu Hause bist. Das hat deine Mutter überwacht.«

Mom nickt. »Sorry, aber es war ja für einen guten Zweck«, erklärt sie. »Außerdem hatte Ron Hellinger sowieso schon bei mir angerufen, um sich nach dir zu erkundigen.«

Ich seufze. Aber ich bin viel zu glücklich, um irgendjemandem böse sein zu können.

Erst als alle wieder aus dem Zimmer sind, fange ich plötzlich an zu weinen. Keine Ahnung, warum. Es fühlt sich glücklich und traurig zugleich an. Eigentlich habe ich es immer für einen Fluch gehalten, dass ausgerechnet ich Lucky heiße. Für einen schlechten Scherz des Schicksals. Und plötzlich habe ich doch noch Glück im Leben. Da muss ein bisschen von dem alten Unglück auch noch raus!

Als ich mich wieder beruhigt habe, schicke ich eine SMS an Li.

Bin morgen eine Viertelstunde eher in der Schule, du auch? Machen wir ein kleines Mathe-Warm-up? Hier war heute Happy-go-lucky-Tag. Erzähl dir alles morgen. Bin so froh, dass es dich gibt, L.

Dann klappe ich den Laptop auf und schreibe noch einen kleinen Gutenachtbrief.

Lieber Papa,
ich melde mich erst jetzt, weil ich dachte, durch deinen Tipp wäre ich in die Krise meines Lebens geraten. Aber es sah nur so aus. In Wirklichkeit ist alles viel besser geworden, als ich je gedacht hätte.
Die Dinge sind manchmal echt anders, als man denkt. Und ich überlege schon, das Denken ein bisschen runterzufahren. Ein paar Programme zu schließen, wie Jago es nennen würde. So alte Psycho-Apps, die immer noch in meinem Hinterkopf offen sind und unnötig Energie saugen.

Meine Dreharbeiten sind am 27. Juli zu Ende. Und bis dahin muss ich auch noch eine Fünf in Mathe hinbekommen haben. Kann sein, dass ich beides schaffe. Jedenfalls würde ich dir gerne am 28. Juli live davon erzählen. Hast du Zeit? Wollen wir uns treffen?

In Liebe

Lucky

TRAUMTYP IM TANZKURS

Sonja Bullen
Miss Apfelblüte

Feli ist mit ihrer Familie von Hamburg aufs platte Land gezogen. Hier ist wirklich gar nichts los, weit und breit nur Kuhställe, Matschpfützen und Apfelbäume. Na großartig! Ausgerechnet jetzt macht auch noch ihr Freund Ben Schluss. Klar, dass Feli sich in richtiger Weltuntergangsstimmung befindet. Aber dann gibt es doch einen Lichtblick: den süßen Peer aus dem Tanzkurs ...

192 Seiten – Ab 12 Jahren
ISBN 978-3-86430-039-4

Liebe

Lustig

Blütenfest

Pink

VOLLKOMMEN VERLIEBT

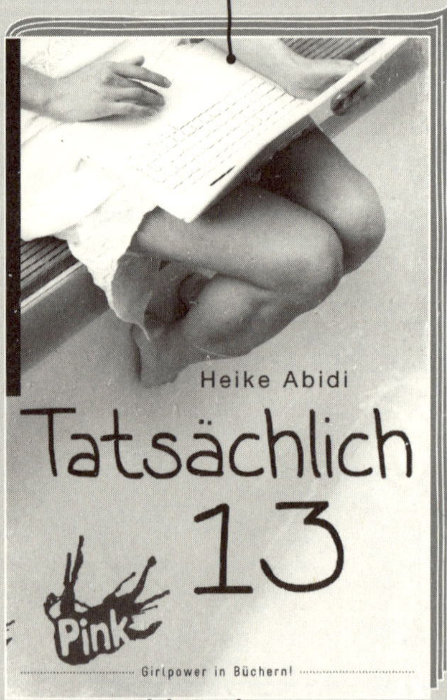

spannend

total witzig

Liebesrecherche

Heike Abidi
Tatsächlich 13

Der Countdown läuft! Bald wird Henriette 13 und somit offiziell ein Teenager. Bis dahin muss sich aber noch einiges tun, zum Beispiel die Sache mit dem festen Freund. Und sie will noch einige wichtige Dinge rausfinden: was Verliebtheit ist, wie man toll küssen kann und warum Eltern immer so oberpeinlich sind. Bei ihren Experimenten lässt sie kein Fettnäpfchen aus ...

176 Seiten – Ab 11 Jahren
ISBN 978-3-86430-025-7

Pink

Pink